Jean-François Kouadio

La République des singes

Nouvelles

À mes amis,

Gécille Hindson
&
Franklin H. White

Sincères remerciements

Dr. James Ocita
Warren J. Trokis
Diane Howerton
Casper Abe
Allan Horwitz
Samuel Dégni

Tejumabe A. Oke
Palesa Mazamisa
Bruno A. Kouassi
Dominique Anoh
Michaël F. Yéré
Olivier Yao N'gonian
Jacques A. N'guessan

Allouan Kouamé
Philippe Kouadio Koffi
Charles N'dri N'goran
Diomandé Sékou
Guy Gérard Aloco

Et le
Groupe Efrouba pour la culture

Première édition par Botsotso 2019
Box 30952,
Braamfontein 2017
South Africa

Email: botsotso@artslink.co.za
siteweb: www.botsotso.org.za

Dans ce texte: Jean-François Kouadio

ISBN: 978-0-9947081-8-2

Editeurs: Casper Abe, Jean-Jacques Benien, Samuel Dégni

Mise en page et image de couverture: Botsotso

Table des matières

Préface

"La Republique des singes", comme titre de cet ouvrage, va très certainement faire sourire l'ex-colonisateur européen car le travail qui y est présenté montre clairement la faillite des États africains comme l'avaient prédit les impérialistes au soir des indépendances.

Les éditions *Faber and Faber* de Londres, en acceptant de publier *"A wreath of Udomo"* « Une couronne pour Udomo » de Peter Abraham, acclamèrent l'auteur mulâtre, pour leur avoir proposé un ouvrage dépassionné et sorti du carcan d'aigreur habituel qui embrouille bien souvent les écrits africains.

Voici heureusement un ouvrage qui ne traite pas de race, où il y a des Blancs gentils et des Noirs méchants. Et ainsi de suite.

Au sujet du traitement quotidien des affaires publiques en Afrique, Kouadio décrit les leaders dans leur palais présidentiel comme à peine supérieurs aux primates dans la jungle impénétrable. Mais cette production n'a pas la prétention de prescrire un antidote contre les intrigues, les mensonges, les trahisons, les fourberies, les brutalités politiques ou autres coups-d'Etat qui animent encore malheureusement le cœur du pouvoir africain et dont pourtant l'auteur parle avec adresse.

Il s'agit d'un recueil de nouvelles moulées dans un thème central à la lecture très fluide. Il est cependant aisé de comprendre que ces récits sont largement inspirés par l'actualité politique et sociale de la Côte d'Ivoire où la plupart des actions prennent naissance.

Le style est fortement influencé par un humour sans aucun doute francophone à en juger aussi bien par sa sévérité que par sa sérénité. On dirait un mélange subtil de Guy de Maupassant et de Gustave Flaubert, dans lequel l'auteur se penche sur une politique africaine dont les grands animateurs sont des religieux fanatisés et leurs fidèles au suivisme carrément moutonnier.

Ici le culte religieux, l'occultisme et la sorcellerie cohabitent sans gêne aucune, car comme pense l'auteur, les Africains sont dirigés par des leaders superstitieux. On trouvera également une implacable satire sur des sujets d'importance majeure comme l'excision, l'environnement, l'avidité du politicien et bien d'autres tares qui retardent le décollage de l'Afrique.

Kouadio va au-delà de la fiction et propose une étude d'économie politique radicale pour éclairer la misère dans les cités de tôles rouillées où politiciens et religieux véreux viennent faire fortune. C'est surtout à travers l'animation que les personnages assurent dans le domaine de la politique, de la religion, de l'ethno-tribalisme et du régionalisme que nous sommes invités à bien observer cette Afrique nouvelle que décrit l'auteur. Ce qui nous donne finalement la possibilité de réfléchir avant de rire ou de pleurer. Car dans ce travail nous obtenons à la fois des rires et des larmes sans une commune mesure.

Les intrigues sont centrées sur divers personnages qui se rencontrent rarement pour en découdre. La plupart sont des politiciens de premier ordre, des officiers de l'armée, des policiers corrompus, des personnalités religieuses fanatiques et dans une certaine mesure, les familles de ces derniers. Il n'y a ni héros ou héroïnes. L'auteur fait remarquer que l'armée et la police, munies de leurs outils de guerre (sans oublier les rebelles maraudeurs), sont toujours manipulées par les puissants dans leur quête insatiable de sang.

Mais la cruauté atteint son faîte quand, suite aux situations de chaos créées par les bouleversements politiques, on en vient à se découper comme des animaux. Ici, des chaînes de radio annoncent d'interminables coups-d'Etat. Là, des soldats bombardés généraux ou présidents débarquent en Europe après avoir « niqué » les cancres, leurs suiveurs, dans le but d'y tisser des alliances ou d'y planquer leur butin ou encore protéger égoïstement leur pitance.

Le lecteur trouvera forcément son compte dans cet excellent ouvrage dont la fluidité s'affiche dès l'abord des premières pages.

Au total, je recommande la lecture de « La République des singes » qui se veut l'une des meilleures œuvres de fiction de l'Afrique contemporaine.

Lieutenant-Colonel Ulysses Chuka Kibuuka
Forces armées Ougandaises

Introduction

« L'Afrique n'est pas une partie historique du monde [...]. Ce que nous entendons précisément est l'esprit anhistorique, l'esprit non développé, encore enveloppé dans les conditions du naturel et qui doit être présenté ici comme au seuil de l'histoire du monde». «L'Africain est dépourvu de moralité, de religion ou de système politique».

Voici le traquenard ouvert par Friedrich Hegel dans lequel en s'égosillant à tue-tête, s'écartant ainsi des vraies questions, certains intellectuels africains vont tomber. Et ce, dans leur trop grand souci de vouloir prouver coûte que coûte l'antique vaillance d'une Afrique dont manifestement le combat est, à ce qui paraît à l'examen sérieux, plus présent et futur que passé. Ils n'y ont même pas suspecté la subtile manœuvre de diversion qui leur est si habilement dissimulée aux fins de les détourner de la mission qui est la leur.

Aujourd'hui heureusement, l'Africain assez abreuvé à la source de l'Occident, ne jette qu'un regard amusé sur ce portrait hautement sectaire et surtout teinté de ce racisme qui n'est grâce au ciel, plus événementiel. Il refuse de revenir sur une question révolue et inféconde, incapable d'éclairer correctement la troublante problématique de l'enlisement multisectoriel de l'Afrique des pires calamités. « L'Afrique fut grande, elle le redeviendra ». Voici sa nouvelle devise. D'autre part, ce serait usurper leur prérogative aux historiens africains comme Cheikh Anta Diop et Joseph Ki-Zerbo qui ont largement tranché en dernier ressort la question de la prépondérance historique de l'Afrique. Plus n'est donc besoin de continuer à pleurnicher sur l'antique prouesse d'un continent dont au contraire, les échos de la civilisation, quelque dégradés et amortis qu'ils soient, devraient fouetter l'orgueil des nostalgiques.

Comment industrialiser l'Afrique? Comment combattre efficacement la corruption? Comment prévenir et régler les conflits armés? Qu'est-ce qui explique l'échec et l'inadaptation des cadres africains revenus d'Occident? Pourquoi assistons-nous continuellement à la dilution des repères normatifs, à la montée du tribalisme et de la xénophobie? Comprenons-nous réellement le contenu principiel du contrat social? Comment contenir et éradiquer les pandémies? Comment faire reculer la pauvreté? Comment endiguer la montée de l'incivisme et de l'insécurité etc.

Autant d'interrogations qui nourrissent le vrai débat présent.

Pourtant certains critiques respectables continuent de lier systématiquement le retard du continent à la main occulte d'un Occident qui serait escroc dans ses méthodes, et impitoyable dans ses fins; car ses propres intérêts sont liés et par l'histoire et par son économie moderne au destin d'une Afrique nourricière.

Mais de l'observation critique du terrain socio-politique africain est né un réel sentiment d'autoflagellation qui nous impose de situer nos propres responsabilités dans l'échec de nos sociétés dites rénovées à l'occidentale.

Voilà qui tranche avec les vues de certains afro-pessimistes irréductibles et autres fatalistes endurcis dont le seul argument pour justifier le retard de l'Afrique est l'idée, certes fondée mais trop simple et insuffisante, de la gêne que constituerait la présence sur le continent noir d'un certain « Occident vampire ». Ce discours n'est à l'évidence pas celui des gagneurs.

Cet ouvrage ne vise aucun autre objectif que de pointer du doigt certains reflexes nuisibles dont l'Africain doit se débarrasser s'il veut entamer la marche vers une meilleure Afrique.

L'auteur
Antananarivo, Madagascar Juillet 2018

1. Le sergent Gaspar Bialou

Non, la police n'est pas là pour créer le désordre,
Elle est là pour le maintenir
- RICHARD J. DALEY

Depuis qu'un concours truqué l'avait extrait de sa brousse natale pour en faire un agent de police en ville, le sergent Gaspar Bialou ne cessait d'affirmer aux désœuvrés qui lui prêtaient l'oreille que seuls ses congénères de l'ethnie Gawa étaient suffisamment intelligents pour gouverner le pays. Son indigence mentale lui défendait de faire mieux. Que le défunt père de la Nation et le président Clovis Dagari fussent de cette ethnie conférait dans son esprit, à cette ineptie, un caractère de vérité inébranlable.

Il s'était même convaincu, sur la foi des fantasmes d'une poignée d'historiens égarés, que lui Bialou, le policier minable qui n'avait pas été un élève moins minable, put descendre en droite lignée des très vénérables pharaons égyptiens selon une croyance antique des Gawa. Cependant, il ne lui vint jamais l'idée que ces honorables souverains ne se seraient en aucun cas rabaissés jusqu'à cautionner, même tacitement, une quelconque forme de racket, comme celle qu'il pratiquait assidument sur les automobilistes pour arrondir ses fins de mois. En compagnie de ses acolytes avec qui il avait une parfaite parenté intellectuelle de brigands, il raffolait de s'installer indument aux bords des routes pour guetter les braves citoyens qui circulaient sur ces voies. Aussitôt qu'ils en sifflaient un, pour un motif dont eux seuls partageaient le secret avec le ciel, ils se mettaient méticuleusement à l'ouvrage d'extorsion. Finalement les honnêtes gens, abhorrant de muser avec des idiots, ne discutaient que rarement et s'exécutaient. Les automobilistes ne s'en étonnaient plus. Ils comprenaient tout de suite à quel genre de mendiantsbandits camouflés en uniforme ils avaient affaire et leur remettaient le fruit d'un honnête labeur.

Un jour, un touriste Français tomba dans leur trappe au boulevard Giscard d'Estaing. Ils jubilèrent. C'était leur denrée de prédilection: le vacancier européen naïf et riche.

Le pauvre homme s'était en fait arrêté à cause d'une crevaison. Lorsqu'il vit s'approcher les « fauves», il sourit aimablement, certain que ces «braves messieurs» lui apporteraient l'assistance que leur commandait le devoir d'Homme.

– Bonjour messieurs, leur dit-il enjoué, vraiment pas de chance pour moi. Une crevaison en une si belle journée...

– Ton permis de conduire! déclara machinalement le sergent Bialou en guise de réponse, le cou déjà pendu à la fenêtre gauche de l'automobile en stationnement.

– Mon permis de conduire? Mais je n'ai rien fait, M. l'agent. J'ai une crevaison, regardez plutôt. Là!

– J'ai dit ton permis! martela le policier énervé et subitement devenu plus malpoli.

– D'accord, d'accord, on se calme...le voici. C'est un permis international...euh...dites-moi, pouvez-vous me donner un coup de main, s'il vous plait? Où puis-je trouver un vulcanisateur?

– Ta carte de séjour!? continua le sergent sur le ton monocorde des personnes aigries par leur propre médiocrité.

– Ma carte de séjour? Mais pour quoi faire? Une fois encore, je n'ai rien fait, M. l'agent. J'ai une cre-vai-son. Le pneu avant gauche. Là.

Mais s'étant vite fait maître de lui-même car intimidé par le bâton et le pistolet des policiers attroupés, le vacancier tendit la main vers sa boîte à gangs pour retirer son passeport. Gaspard s'en saisit et se mit à le feuilleter.

Déjà déçu d'y découvrir un visa de séjour en cours de validité, Gaspar Bialou revint aux pages de garde. Il scanna de ses yeux globuleux la photo et le nom du touriste à la recherche d'un quelconque défaut de symétrie. Il espérait ainsi trouver une faille qui légaliserait son interrogatoire. Peine perdue. Bien vite ennuyé par cet exercice qui ne lui permettait pas de récolter sur-le-champ son grain comme d'habitude, il repartit presqu'aussitôt en mode contre-attaque par une feinte habile:

– M. Clotaire Guillou, c'est ça?

– Non, non. Girou! Clotaire Gi-rou; corrigea l'autre avec un accent fort guttural.

– On s'en fout! s'irrita brusquement Bialou en faisant une quenelle incivile. C'est Guillou que je préfère, relança-t-il. Comme Jean-Marc Guillou. Tu connais Jean-Marc Guillou de l'ASEC Mimosa?

– Non monsieur.

– Non? C'est que tu ne connais rien, toi. Bon faisons simple et disons « Clotaire ». Maintenant Clotaire, ton carnet de vaccination!!

– Jésus-Marie-Joseph! Se signa Girou incrédule et fou de rage. Mon quoi? Pardon?

Gaspar Bialou, qui commençait à comprendre qu'au rythme où le Français possédait tous ses documents, sa moisson de rançonnage risquait d'être bien maigre, devint de plus en plus incisif et impatient. Il était complètement déchainé.

– J'ai dit ton carnet de vaccination!! Merde alors! Refit-t-il encore en découvrant la bave abondante entre ses dents sales.

– Oh là là…c'est bon! souffla Girou qui finit par brandir le fameux carnet jaune demandé. Gaspar l'ouvrit et y braqua ses yeux rougis d'aigreur pendant quelques secondes. Mais connaissant mieux que le touriste les rouages de la combine dont il était l'inventeur, il emprunta soudain un ton curieusement calme comme s'il était navré.

– Bah, Clotaire, je ne vois pas le cachet du vaccin contre la polio dans ce carnet. Sais-tu Clotaire qu'il y a une épidémie de polio dans ce pays?

– Non mais là vous avez mordu la ligne, M. l'agent! Répliqua le touriste finalement hors de lui.

Gaspar parut serein. Certain cette fois d'avoir tiré à ce jeu la carte joker d'équivalence indisponible chez son adversaire, il refit, sur son ton toujours sournoisement apaisé :

– Hum? Tu dis quoi Clotaire? Tu n'es pas vacciné contre la polio? C'est ça?

D'ordinaire, à ce stade des échanges, Bialou avait déjà été payé par les automobilistes, et l'incident clos. Mais Clotaire Girou qui, de bonne foi, entretenait la conversation, commençait sérieusement à ne plus supporter cette rare malhonnêteté du sergent.

– J'ai soixante ans, M. l'agent comme clairement indiqué dans mon passeport.

– Et alors?

– Et alors?! Et alors, je n'ai pas besoin de ce vaccin destiné aux enfants, bon sang!

– Pourquoi pas, Clotaire?

Le touriste cria cette fois.

– Parce que figurez-vous, M. l'agent, je ne contracterai plus la poliomyélite à mon âge.

– Et comment sais-tu tout ça, Clotaire? Tu es un médecin?

– C'est de la science et du bon sens ça, voilà pourquoi!

Et Gaspar Bialou qui ne semblait pas intéressé par cette démonstration trop scientifique pour la grandeur de son inculture et sa mauvaise foi, d'insister au contraire pour défendre sa pitance.

– Je dis bien polio. Po-lio. Pas « *poliométrique!* » ou que sais-je encore.

C'est à parler à un mur. Le touriste qui s'était amuï par tant d'absurdité tremblait encore de rage. Ce qui n'empêcha point l'infatigable Gaspar de continuer sa litanie solitaire.

– Hum Clotaire? Po-lio! Ça ne te dit rien…polio? Il est où le cachet du vaccin, Clotaire?

Clotaire Girou résolut de se taire.

Gaspar prit vite le silence du vacancier pour un affront. Or personne ne fait l'effronté qui n'est châtié de sa témérité par Bialou. Brusquement, Gaspar l'intraitable policier dont on ne piétine pas non plus impunément la nourriture, dégrafa la portière de la voiture. Il recula d'un bon mètre en dégainant illico son pistolet. L'ayant promptement braqué au visage rougi du touriste, il hurla sur un ton de combat:

– Descends de cette voiture et les mains en l'air!! Doucement!!

Une fois hors du véhicule, l'infortuné Clotaire Girou dont l'adrénaline subitement montée n'a pu dominer son incontinence, déchargea un flot d'urine dans son pantalon. Il est brutalement fauché au sol et mis à genoux par Bialou. Les mains sur la tête en signe de reddition, il éclata en sanglots. Les compères de Bialou, massés sur le trottoir au vu de la fuite d'urine, se divertirent à ses dépens.

– Ha là, c'est la meilleure; fit Bialou. Tu oses uriner sur le boulevard Giscard d'Estaing? Sur le trottoir des nègres? C'est du racisme ça. Et c'est interdit par la loi de ce pays. Tu es raciste Clotaire?! Hum? Tout ça va te coûter cher de faire pipi sur la voie publique.

– Toi, fouille-le! Ordonna Bialou à un subalterne de grade trois fois zéro, debout à ses côtés.

Une fois que son porte-monnaie lui fut soustrait, Gascar Bialou dit en ricanant:

– Ha ha ha... Maintenant tu peux attendre tranquillement le vulcanisateur pour te dépanner, Clotaire. Tu as payé et pour ton vaccin et pour l'amende d'urine sur la voie publique. Donc nous sommes quittes. Allez, bon séjour Clotaire!

Puis le fourgon des policiers démarra. Et Gaspar Bialou, une fois de plus, avait atteint son objectif: extorquer le bien d'autrui. Mais comme bien mal acquis ne profite jamais, ses amis et lui continuaient de croupir dans une misère qu'ils n'auraient pas connue si seulement ils avaient pu réaliser que tous leurs salaries et avantages en nature dépassaient largement la moyenne nationale.

De toutes les tâches officiellement dévolues aux forces de police, Gaspar préférait le maintien de l'ordre. Car il lui donnait l'occasion d'évacuer légalement la bestialité qui l'habitait. Grenade lacrymogène dans une main, matraque tournoyant dans l'autre. Gaspar et ses compères faisaient penser, lors de leurs lâches charges, à des chevaliers, des templiers qui s'étaient trompés de mille ans. Gueuler comme des forcenés, frapper et blesser des personnes désarmées, c'était là leur véritable vocation.

❊❊❊

Les fourgons de la Police Nationale eurent du mal à stationner, tant la foule venue suivre le meeting de l'opposition était immense. Une large avenue troua la foule pour leur faire place. Ce ne fut guère suffisant. Il fallait plutôt un boulevard au lieutenant à leur tête. Gaspar Bialou en personne s'en chargea. Il dégaina promptement sa matraque et fonça sur la foule. Des cris, des bousculades, des piétinements pour donner écho à la furia du policier déchaîné. Le boulevard se fit. On aurait dit l'arrivée de Somoza au stade

Somoza lors de l'inauguration de la statue Somoza. Le cortège se dirigea vers l'angle avant-droit de la tribune des orateurs et s'installa. La foule se mit à murmurer. Cela irrita Bialou qui, déjà de mauvaise humeur, empoigna son fusil. Il avait bondi en avant sur la pointe de ses godasses, le regard perçant, le cou tendu. La foule comprit qu'il ne plaisantait pas; elle se tut. D'un claquement de doigts, le lieutenant avait redonné l'ordre à tous les policiers de se repositionner cette fois bien en face du podium car l'affluence qu'il avait sous-estimée devenait de plus en plus significative. À la vue de l'incommensurable assemblée qui ne cessait de se déferler sur la place de la République, les policiers ne purent s'empêcher de penser qu'ils risquaient d'être à l'origine d'une hécatombe. La leur. Ils portaient certes des vêtements de protection, ils étaient sérieusement armés et plus d'une centaine mais cela ne représentait pas grand-chose devant la marée humaine qui les entourait. En dépit des stupéfiants qu'ils paraissaient avoir absorbés, plusieurs d'entre eux ne se sentaient pas à la hauteur de la tâche du jour.

À quelques mètres de leur position, sur une estrade sommaire flanquée de banderoles aux titres ronflants et enflammés, l'opposant et grand critique du pouvoir, Jules Ablé communiait énergiquement avec la foule. À ses côtés ses fans initiaient les ovations qui ponctuaient les idées fortes qu'il lançait à la marée humaine.

De ses yeux striés de vaisseaux sanguins, le sergent Gaspar Bialou fixait l'orateur. Il le haïssait. «C'est ce minable, cet impertinent qui veut renverser la suprématie des Gawa», se murmura-t-il.

Le grésillement d'une radio sur sa gauche le tira de ses pensées malsaines. Son supérieur communiquait à l'aide d'un émetteur-récepteur. Il faisait savoir que l'entreprise de dispersion était trop risquée et qu'il fallait peut-être y surseoir.

Bialou fut pris d'une panique soudaine. L'idée de savoir que l'opposant bavard qu'il avait toujours traqué en vain pourrait en un instant échapper à la morsure de sa matraque, le déprima. Il se retourna vers son chef affolé:

– Non chef, on peut faire ce travail. On a l'équipement qu'il faut.

– Tais-toi Bialou, j'essaie de communiquer.

– Mais chef…on peut…

– Ta gueule Bialou! La ferme! Je parle là!

Gaspar se détourna de son lieutenant qui ne lui faisait désormais plus face. Il était furibond. Sa respiration devint saccadée et bruyante. Il fixa encore l'opposant qui continuait de haranguer la foule. L'éloquence de Jules Ablé comparée à la vaste étendue de sa propre incapacité intellectuelle devint une cause supplémentaire de colère. Bialou n'en pouvait plus; étouffé par une dose d'aigreur intenable. Il dilata soudain son grand nez de trompette comme s'il voulait humer tout l'air du monde. Ayant discrètement armé son fusil, il visa l'opposant et appuya sur la gâchette sans grand élan. Il semblait craindre qu'un œil indiscret ne l'en dissuadât, à trop vouloir prendre ses précautions. Cependant la détonation qui en résulta fut si forte qu'on crut la balle éjectée par un pistolet à grenade. Le temps parut s'arrêter soudain, puis repartir au ralenti et accélérer brusquement en enchainant sur une scène presque surréaliste d'un Jules Ablé en train de s'écrouler. L'orateur laissa choir son micro. Un sifflement assourdissant amplifié par les puissants haut-parleurs s'en échappa. À cet instant, une épaisse fumée rendit le tireur invisible. Pas pour longtemps. Sitôt qu'elle se dissipa, Bialou se découvrit, fusil en main, les mâchoires serrées et les yeux rouge brique.

– Nooooon! Bialou! cria le lieutenant.

Trop tard! Deux collègues du sergent le plaquèrent immédiatement au sol pendant que la foule, prise d'une panique forcément hystérique, se déchaina. L'arme du crime roula de côté. Bialou, déjà ventre contre le sol, tête sous une godasse «encacatée» avait grand' peine à respirer. Il bavait comme le chien galeux et apeuré, son semblable. Il était fait. Pris sur les faits devant toute la nation. Bien que sa grosse tête vide fût écrasée par la godasse poussiéreuse de son collègue, Bialou ne résista pas à sa capture. Pas plus qu'il ne paniquât.

– Qu'est-ce que t'as fait Bialou? Qu'est-ce qui t'a pris? Se récria le lieutenant?

Grand Dieu quel désordre! La foule se remuait de tous les côtés. « On a assassiné Ablé! » Cria quelqu'un près de la scène. «À bas Dagari!» fit un autre.

De l'autre côté, sur l'estrade ensanglantée et prise d'assaut par ses suiveurs, on traina le corps ramolli de Jules Ablé qui a osé défier le système. Il saignait profusément. La bouche ouverte, les mâchoires semblaient sans aucun doute bloquées par d'atroces douleurs à la poitrine. Ses amis parvinrent à le soustraire de la meute qui menaçait de l'envahir. Il fallait l'évacuer d'urgence. Sur une civière, on glissa le corps du politicien zélé en toute hâte. Bientôt la sirène stridente d'une ambulance déchira l'air déjà surchauffé de la place de la République en direction de la Policlinique Internationale Saint Joseph.

❀❀❀

– Pour la dernière fois, qui diantre a donné cet ordre? Cria le président de la République, Clovis Dagari, hors de lui.

– M. le président, c'est-à-dire que…

– C'est-à-dire que tu me trouves cet abruti ce soir ou tu es fait comme un rat! Général!

Puis le président écrasa avec un fracas cinglant le combiné de téléphone en se faisant mal au poignet.

Le Général Somala, chef de la sécurité publique, dont un détachement de ses multiples unités de surveillance avait à charge de quadriller le meeting de l'opposition, tremblait encore. Le président ne lui avait jamais parlé sur un ton pareil. De son côté le président souffrait plus encore. Il avait toujours su que les yeux de tous se braqueraient sur lui s'il arrivait malheur au bouillant opposant Jules Ablé.

Dès dix-huit heures, espérant être cette fois dans le bon ton, le général refit son rapport.

– J'écoute! Rugit le président Clovis Dagari.

– M. le président, en réponse à votre demande intervenue…

– Ne me perdez pas le temps, Général. Qui a donné l'ordre de tirer sur Ablé?

– Personne, M. Le président. D'après notre enquête, ce policier a agi seul. Nous continuons de l'interroger.

– Comment ça seul?

– Si, M. le président. Le policier présentait déjà un problème de santé mentale en «première phase».

– En première quoi?

– Euh... en première... en phase préliminaire. C'est-à-dire que...sa maladie mentale vient de commencer.

– N'importe quoi! Comment le savez-vous? Êtes-vous subitement devenu psychiatre?

– Euh, c'est-à-dire que les médecins militaires...

– Je ne suis pas convaincu! Cherchez encore! Vous avez de la chance qu'il soit encore vivant. Priez qu'il ne meure pas. J'attends! Terminé!

❁❁❁

– Bialou, une fois encore, comment s'appelle ce fils d'animal pour qui tu travailles? Crache son nom et tu es libre.

Silence.

– Alors?

Bialou demeurait silencieux. Ces paupières bombées. Ses yeux fermés. Une abondante coulée de salive mêlée de sang s'échappait de ses lèvres enflées par les coups de matraques. Sa barbe hirsute était affaissée sur sa poitrine dénudée.

– Nom d'un chien, Bialou?!, insista le tortionnaire.

Au sous-sol de la Direction Nationale de la Surveillance du Territoire, Gaspar Bialou était suspendu à une chaine métallique fixée au plafond par une vieille poulie mal lubrifiée. Ses pieds se balançaient à une vingtaine de centimètres du rugueux béton. Les grincements de la manivelle, couplés au surpoids de Bialou semblaient aggraver sa torture. Ses poignets mâchonnés par les chaînes rouillées étaient enflés et pourraient lâcher le reste du corps à tout instant. Bialou souffrait de trois jours de tortures. Son tronc nu ensanglanté par la myriade de coups de fouets laissait apprécier sa bedaine à jeun. Autour de lui, un collège de policiers-militaires zélés, majoritairement membres de la garde présidentielle.

– Laissez-moi faire, il va parler, cet enculé, lança un autre flic déchainé.

Ayant obtenu une vive étincelle par le croisement des deux électrodes liées au mini générateur à leurs côtés, le policier les appliqua sans apprêts au dos humide de Bialou.

– Waaaaaaaaaaaaaaa!

Le cri était aussi insupportable que la décharge électrique. Bialou salivait comme les condamnés à mort par électrocution. Une abondante mousse blanchâtre fuyait de son gosier. Une fine fumée et une odeur de viande braisée se répandirent dans la salle.

– J'écoute, Bialou!! se récria le tortionnaire insatisfait qui transpirait profusément.

Le prisonnier n'avait plus de force pour articuler un mot. Il émit un mugissement quasi-inaudible.

– Quoi? Je n'entends rien Bialou, continua l'homme aux électrodes.

Puis il refit une autre électrocution; celle-là plus brève.

Bialou ne réagit pas cette fois. Il semblait groggy. Sa circulation sanguine sans doute ralentie ou interrompue.

– Arrête, tu vas le tuer. Verse-lui un sceau d'eau. On continue ce soir; intervint un autre policier non convaincu de la technique de torture.

– Tu finiras par parler fils de pute! Tu verras, ce soir je t'arracherai les ongles avec mes dents! Espèce de pédé!

2. Je libère donc je jouis (première partie)

La dictature est la forme la plus complète de la jalousie.
– CURZIO MALAPARTE

Coiffé d'un béret rouge légèrement incliné sur la tempe comme à la Che Guevara, le colonel major à la retraite anticipée, Roger Guéyo, parle. Le maquillage qu'on lui a plaqué sur le visage grave est excessif, tant il a été fait malhabilement. On aurait dit un mandrill adulte de la forêt tropicale du Congo-Zaïre capturé et apprivoisé pour les besoins d'un cirque ou d'un carnaval de province. Il est assis devant l'immense table du journal télévisé. Autour de lui, en armes un collège de mutins aux mines inquiétantes.

À sa droite précisément, Bokaya, l'intraitable sergent, l'inconditionnel du Colonel Guéyo et ennemi juré de Paul Agali le président déchu. Le sergent a une mine d'acier. Il ne rigole pas. Ses larges narines semblent fumer comme un volcan en activité. Il a les mâchoires serrées et les yeux injectés de sang. On aurait dit qu'il a l'intention de tirer sur la caméra qui capte la scène historique. Guéyo lui, discourt. Entre ses doigts, un texte. Il lit péniblement, en raison de sa large langue qui encombre une bouche tordue sur le côté. Du côté de la commissure affaissée, il suinte une bave blanchâtre comme une fuite de carburant. L'orateur est contraint de sortir de temps en temps sa volumineuse langue comme un reptile pour torcher le liquide gênant. Ce toilettage l'oblige à marquer d'intempestifs arrêts. Ainsi, l'audition est aussi harassante que pénible. Et la diction, carrément indigne d'un écolier du cours moyen. On l'entend dire:

« …Mes chers compatriotes, en ce jour béni de Décembre, Agali le dictateur, *l'automate*, pardon…l'autocrate qui s'est hissé à la tête de notre jeune *démoncratie*, plutôt de notre jeune démocratie pour mieux l'étouffer de l'… »

Le colonel Guéyo a déjà fort mal à lire ce texte écrit à la main. Ce qui l'oblige à marquer un arrêt fort gênant pour les spectateurs à ses côtés. Le sergent Bokaya se penche sur l'orateur et lui souffle ce qui parait manquer au texte.

– ...De l'extérieur, se hasarde-t-il.

« ...De l'extérieur, enchaîne Guéyo. Agali donc, ne préside plus à l'heure qu'il est aux destinées de la *répiblique*[1]. Nos braves soldats m'ont chargé d'être leur porte-parole auprès du courageux peuple qui j'en suis convaincu, leur est reconnaissant d'avoir récupéré son pouvoir des mains d'Agali et de ses amis qui nous conduisaient tout droit au *cha... au chat ?*

Le colonel relève la tête pour quêter l'avis de son disciple lettré.

– Au K.O! Dit haut à l'antenne le souffleur dont la promptitude aux corrections fait croire qu'il est l'auteur du discours apparemment écrit à la hâte.

« ...Bien donc...qui nous conduisaient tout droit au chaos... Mes chers frères et sœurs, il ne s'agit pas d'un coup d'état. Mais il est plutôt question d'une *révolition* en vue de *destituer*, pardon, de restituer au peuple son pouvoir. Nous déclarons toutes les *intuitions*...plutôt ins-ti-tu-tions, de la *répiblique* diss...dis...

L'orateur semble en avoir marre. Il lève enfin les yeux vers la caméra et verse dans l'improvisation.

« Bon, bref! Nous allons dissoudre toutes les institutions de la *répiblique* ».

Quelques minutes plus tard, l'hymne national de libérer les spectateurs, les téléspectateurs et les auditeurs de tant de minutes de torture.

✿✿✿

Le présentateur du journal télévisé du même soir, un mutin à peine alphabétisé, était tout fier de faire le journaliste et de lire les dépêches des nations qui, à l'image de la France et des pays voisins, ont décidé de reconnaître le régime d'exception du colonel major-Roger Guéyo. Dans

---

1. République

cet autre ballet impressionnant, les partis politiques, les corps de métier, les syndicats défilent à la présidence de la République pour faire allégeance au nouvel homme fort du pays.

Quand vint le tour des diplomates accrédités, la séance se voulut plus formelle. Dans la salle principale de l'immense palais de la présidence, une centaine de diplomates assis. Ils sont venus répondre à la convocation du colonel et écouter les instructions du nouveau régime. Au fond de la salle, une équipe bien entraînée de tribalistes zélés et de militants professionnels convoyés, dit-on, depuis les hameaux les plus reculés du fief du colonel-président. Ces broussards dont la plupart n'avaient jamais senti la fraicheur d'un climatiseur ni vu tant de luxe autour d'eux, comprennent vraiment comment le président Agali s'est moqué du peuple. Et dire que cela dure depuis des années. Ces militants professionnels sont là pour une seule chose: applaudir, histoire que ce théâtre donne quelque contenance à l'orateur et prouve par-là au corps diplomatique accrédité, la popularité dont jouit le régime militaire qui s'installe à la tête du pays.

Le colonel Guéyo est encadré comme lors de la diffusion de son message de prise de pouvoir. Sitôt qu'il se racle la gorge enrouillée, rajuste la commissure affaissée pour déballer son discours, une bruyante clameur s'élève déjà dans le fond de la salle. L'orateur semble lui-même effrayé. Il ne s'attendait pas à une si prompte réaction de son troupeau loué pour applaudir. Il sursaute instinctivement. Ce geste n'échappe pas à la vigilance des diplomates qui en face de lui sont massés. On peut voir le petit sourire de coin moqueur de l'ambassadeur de France Jean Charles Gunier qui se tient au premier rang des convives. Les applaudisseurs n'en ont cure. Ils se font bientôt maîtres de la salle. Le contenu d'un discours pourtant non encore déballé n'est vraiment pas leur souci. Ils ont été convoyés et payés pour applaudir et ils s'y prennent avec un zèle et un dévouement qui expliquent la conscience professionnelle à la besogne qui est la leur. On les entend scander:

Guéyo président!
Guéyo merci!
Guéyo président!
Guéyo merci!

Le colonel Guéyo tente par un geste discret de la main gauche, de raisonner les applaudisseurs. Peine perdue. Alors, le sergent Bokaya, le souffleur de Guéyo s'enrage. Il se penche sur le microphone principal de son maître Guéyo. L'ayant rapidement testé avec deux coups d'index sonores, il crie à l'adresse de la chorale intraitable:

« Hé, vous-là! Ça suffit comme ça! Taisez-vous maintenant! ».

Le ton est sec et brutal. Et comme il vient de Bokaya, le fils intraitable du vaudou, la salle se plonge dans un silence plat. Alors, le colonel-président Guéyo de fixer la caméra de la télévision nationale. Il discourt ce jour comme le font les chefs d'État rodés à la scène publique; sans papier. Bref, il improvise. D'ailleurs, c'est la meilleure façon de défier et de clouer le bec à tous les jaloux qui le prennent pour un illettré. On l'entend articuler péniblement en promenant son regard dans la salle, de la gauche vers la droite pour identifier ceux qu'il commence par saluer:

Ainsi, jetant la tête à sa gauche, il dit:

« Messieurs les officiers supérieurs de l'armée nationale,

« Messieurs les sous-officiers,

À sa droite, ayant remarqué un détachement de la marine nationale, il enchaine:

« Messieurs les marins,

« Messieurs les *sous-marins*[2]... »

Guéyo ne savait pas que même l'improvisation ne s'improvise pas. C'est, en conséquence, un murmure moqueur qui gagne les rangées des diplomates. Mais le colonel-président est serein, il poursuit:

« ...Excusez-moi, s'il n'y a pas de sous-marins dans la salle...je tenais quand-même à saluer tous les militaires en particulier les marins et les jeunes sous-marins qui étaient présents au port lors de la révolution... Vous savez, ces derniers ont été très fidèles pendant la *révolition*. Ce sont de braves gens... »

Guéyo n'a pas l'air de situer sa bourde. Il poursuit inlassablement:

« ...Merci. Messieurs les diplomates, je vous remercie tous d'être présents... Vous savez, le pays va mal. La pauvreté est là. Et le président Agali ne faisait rien. Les gens sont malades à l'hôpital, le SIDA est en train de les tuer, les diplômés ne travaillent pas. Mais ce n'était pas l'affaire de M.

---

2. Le sous-marin est un engin et non un corps spécial de l'armée.

Agali le corrompu…Sa priorité c'était les affaires personnelles de sa famille et de ses amis etc.… »

Le colonel-président marque un arrêt après cette introduction fracassante à son goût et se torche la bouche. Il jette un coup d'œil dans le fond de la salle comme pour demander aux applaudisseurs loués de faire leur travail. Mais cette fois, personne ne semble prêt à applaudir à cause de la menace du souffleur Bokaya. Le silence est aussi bruissant que gênant. Bokaya l'a compris. Alors il lève le bras comme le font les maîtres de chœur des chorales catholiques. Les applaudisseurs-broussards voient le signe. Bientôt, les voici qui rugissent encore:

Guéyo, président!
Guéyo, merci!
Guéyo, président!
Guéyo, merci

Un autre geste de Bokaya, et les applaudisseurs se taisent.

En retour, Guéyo affiche le regard quelque peu rieur, le regard du vainqueur qui se moque d'un Agali qu'il est en train de déconstruire devant le monde entier. Ne parle-t-il pas aux diplomates des pays les plus influents de la planète? Agali est donc vraiment fait comme un rat. Alors le silence se fait plus fort. Et Guéyo de continuer:

« …Vous savez, je vais vous faire une très importante révolition… pardon, révélation. Vous savez, sous le régime de Paul Agali, toutes, je dis bien toutes…toutes les importations venaient de l'extérieur[3]. Et vous savez pourquoi? Parce qu'Agali et ses amis qui importaient, importaient avec leurs copains dans les pays comme la France et l'Amérique. Là, ils ne paient pas chers et ils mettent le reste de l'argent dans leur poche. Est-ce que c'est bon ça? Pourtant, y a la terre ici. On peut cultiver le riz qu'ils importaient, ici. Ce n'est pas la peine d'acheter le riz chinois quand nous-même on peut cultiver ça ici… »

Naturellement, l'ambassadeur de Chine est gêné comme l'est une vieille femme lorsqu'on parle d'os desséchés dans un proverbe. Mais qui connaît les Orientaux et leur calme, n'est point surpris par l'attitude du Chinois.

---

3. Comment est-ce possible d'importer autrement que de l'extérieur?

« …Merci. Donc, vous voyez, c'est ça qui a envoyé la pauvreté. Et puis le pays s'est divisé par les emprisonnements et les lois arbitraires. C'est à cause de ça que j'ai demandé qu'on f…f… Bon j'ai demandé qu'on n'a qu'à faire libérer les prisonniers politiques. Comme ça, y a l'entente et la paix. Messieurs les diplomates, faîtes-nous confiance. Y a rien. Le pays est votre pays, nous allons respecter les contrats…comment dirais-je? Les…

– « Accords! » Fait Bokaya le souffleur.

« Voilà…nous allons respecter les accords *internationals* signés avec vos pays. Vous êtes tranquilles ici, merci à tout le monde… »

Certains diplomates se tiennent les côtes comme si elles allaient exploser. D'autres la bouche pour ne pas paraitre grossier à une rencontre si importante. Dans tous les cas des éclats de rire convulsifs et à gorge déployée mêlés de félicitations secouent l'enceinte. Les ambassadeurs de France, de Belgique et du Canada qui ont une parfaite maîtrise de la langue de Molière commencent l'ovation. Ils sont surtout rassurés que les conventions internationales avec le pays soient maintenues. Les autres diplomates les suivent. Et la chorale dans le fond de la salle de prendre le relais. Le colonel-président Roger Guéyo qui est ivre de constater le succès étourdissant de son discours se repasse le torchon sur le museau, sourit et poursuit pour conclure: « Vive l'amitié entre notre pays et les autres pays du monde! Vive la *révolition*. Je vous remercie beaucoup, à bientôt ».

❀ ❀ ❀

La capitale est inqualifiable. Tous les voleurs, scélérats et autres gens incultes, mal appris et inadaptés que cette situation quasi-incontrôlable du coup d'État vient d'exciter sont à leurs lâches tâches. Ce qui d'ordinaire répugne aux principes de moral est subitement légalisé. Comme un essaim sans repère, les habitants semblent devenus brusquement fous. La loi de la nature a remplacé la loi républicaine. On arrête cette nuit les automobilistes qu'on dépouille de leur engin, on incendie les magasins qu'on suspecte d'appartenir au Parti Démocratique ou aux sympathisants de Paul Agali, le président renversé. Ici, on casse des boutiques de Mauritaniens. On s'en prend aux étrangers; c'est eux qui ont aidé Agali à piller le pays. Par l'étendue de leurs monopoles dans les secteurs vitaux de l'économie, ils ont asservi les vrais citoyens. Toutes les grèves des commerçants étrangers paralysent toujours la capitale. Et c'est encore sous la complicité de l'équipe Agali qui les a installés à coups de pots-de-vin.

Des coups de klaxon, de sifflets, des tambours ponctuent l'atmosphère infernale qui embrase soudain la ville. Les fêtards qui, dans les bars se tiennent, s'abreuvent davantage pour saluer la chute d'Agali.

Mais bientôt, des soldats en tenue de combat sillonnent à bord de véhicules tout-terrain, les rues, armes aux poings pour mettre fin aux exactions. Ordre leur est donné de contraindre tous, et par tout moyen, de regagner leur domicile. Cette consigne émane de là-haut, des nouveaux maîtres du pays.

On n'entend que le ronronnement des véhicules 4 fois 4 flambant neufs à bord desquels sont installés les mutins. Au quartier chic « les deux-vallons » comme dans la plupart des quartiers résidentiels, les supermarchés sont à la peine. Les voleurs professionnels qui y ont précédé la poignée de mutins à charge de mettre fin aux exactions, sont prestement à leurs tâches. « Il faut faire vite, les coups d'État, ça n'arrive pas tous les jours, c'est le moment ou jamais de s'en mettre plein le gosier ».

Ici, dans la cave du supermarché le plus coquet de la capitale, on « éventre » une caisse de vin ou un carton de champagne de première classe. On s'enivre, on s'arrose le corps d'alcool. On regrette de n'avoir qu'un seul estomac pour ingurgiter tant de breuvage gratis. Mécontent, on brise les bouteilles qu'on ne peut boire. On refait sa garde-robe. Et ce n'est que justice, car Agali et ses acolytes ont, quant à eux, autant de costumes que de jours dans l'année. De sorte que le vol d'un seul jour, n'est qu'une goutte d'eau dans le Pacifique comparée au pillage systématique qu'Agali et ses copains avaient institutionnalisé.

Là, des pilleurs plus ambitieux, pour faire moderne, emportent des ordinateurs-portables. Et quoi de plus normal…si jusqu'alors, Agali avait confisqué l'informatique dans son salon… Et pour une fois qu'on l'a gratuitement à ses pieds, grâce à la libération, inutile de se gêner. Il n'y a vraiment pas de gêne à se faire. Il faut y aller à fond, mettre les bouchées doubles sans attendre, car l'avenir appartient à l'informatique! On prend le plus grand soin de passer à la bijouterie et à l'horlogerie car, même le temps avait été confisqué par l'équipe Agali. Il faut donc légitimement se mettre à jour ou à l'heure sur-le-champ.

On se met à trois, à quatre pour transporter les fauteuils de luxe, les longues tables, les armoires, les placards etc.… On va jusqu'à démonter les vitres du magasin. Dans ce monde affairé à la lâche besogne de cette nuit, on peut entendre: *« Passez-moi une tenaille je vous prie, il me faut démonter cette porte; c'est ma femme et mes enfants qui seront fiers de moi… »*. *« Touche pas à cette veste conard! C'est moi qui l'ai remarquée le premier… »*. Ou *« Arrière salaud! Ce chapeau jaune là-bas, me revient de droit, n'y approche pas ta patte, je l'offrirai à ma copine pour son anniversaire… »*. Ou bien, *« Qui est le chien qui a le pied gauche de cette paire de souliers? … »*. Bref, on se bagarre, on troque, on s'arrange comme on peut. On finit par s'entendre, par se solidariser dans le mal.

En file indienne ou en bande disparates, on peut voir de loin, hommes, femmes et enfants pillards, se confondre à l'obscurité que le défilé de lampadaires a fait reculer dans les ruelles du quartier chic « les deux vallons ».

On aurait dit qu'on se trouvait au milieu d'une grande foire, tant la pagaille était indicible.

Mais soudain, sans que rien ne le présage, un grincement fort sonore de roues, suivi de coups de feu en l'air, rompt la cadence des pilleurs. Les mutins qui ainsi débarquent, sont aussi féroces qu'enragés.

– Hé là!! Rugit le soldat qui le premier s'éjecte de la file de quatre véhicule tout terrain qui stationne. Son terrifiant cri s'enchaîne d'une rafale. Des corps de pilleurs gisent. C'est encore la débandade. On lâche son butin pour être plus leste afin d'échapper à la mort qui campe dans les environs du supermarché.

Deux minutes! Voilà le temps que dure le nettoyage des locaux. Des murs criblés de balles, des caisses brisées, des appareils électroménagers abandonnés sur la chaussée ou le trottoir. Des paires de chaussures, des meubles dispersés dans la vaste cour du supermarché. Le tout, mêlé à une dizaine de cadavres, tempes, flancs ou thorax ouverts par les projectiles.

Les mutins sont bientôt seuls. Ils passent les boutiques au peigne fin. Ils donnent des coups de pieds aux corps pour s'assurer qu'il n'y a plus de vie. On y décharge quand même du plomb chaud pour mieux s'en assurer. Plus de pillards! Alors les mutins font eux-mêmes le plein de ce que peuvent contenir leurs propres autos et se retirent fiers d'avoir fait le marché de Noël sans avoir eu à débourser le moindre sou. Après quoi, ils se diluent dans le silence macabre de cette autre nuit où le fantassin africain a encore fait parler de lui.

👥·👥·👥

> Agali voleur!
> Guéyo libérateur!
> Agali voleur!
> Guéyo merci!

Six heures viennent à peine de sonner, ce jour de Noël, le couvre-feu vient tout aussi à peine d'être levé que les artères de la ville sont noires de monde. Aux principaux carrefours, on incendie des pneus usés. On en fait du feu de chauffe en ce début d'harmattan. Tout autour des groupes d'animation se forment. On bat le tam-tam au rythme cadencé des stridents sifflets.

Ici, sur ce trottoir du centre-ville, on essaie de théâtraliser la scène historique de la fuite d'Agali dont on n'a pourtant pas été témoin. Un homme de petite taille, ventru et vêtu d'une veste surannée, tient entre ses doigts une bouteille vide de champagne. Il « fait l'Agali ». Il dandine, fait le timbré. Un autre à ses côtés, tient un bâton qui fait office de fusil. C'est le Roger Guéyo de ce trottoir. Ce dernier feint de passer des menottes à celui qui mime Agali, lequel fait le fuyard. Cette scène arrache des rires et des applaudissements nourris aux fêtards. On rigole, on se taquine pour fêter la libération. Grâce à Roger Guéyo et aux mutins, on est plus libre désormais. Tout le monde aura un emploi. On mangera désormais à sa faim, respectant les trois repas de la journée comme le font les hommes libres. « Ah! Merci tonton Guéyo!»

> Agali couillon!
> Guéyo patron!
> Agali poltron!
> Guéyo garçon!

Là-bas, plus loin vers le pont de la «victoire» un impressionnant cortège de voitures. Des hommes, torses nus, sur les toits des autos qui roulent à vive allure, ne se soucient pas des chutes possibles. Ils sont en phase avec la libération. Ils arrachent des sons aux cors, aux tambours et à leurs gosiers excités par la bière de maïs qui pue à distance même respectable. Ils sont tout simplement euphoriques. Dans la confusion générale, on enfile un treillis, on se fait passer pour le mutin qui ce jour a carte blanche. On pille dans la légalité. On ne parvient point à distinguer mutins-voleurs et voleurs-mutins tant la confusion est prenante. Les commerçants assistent au pillage de leurs magasins en ce jour commémorant la Nativité divine. Ils ne réagissent pas, car ils craignent de recevoir les flagellations des mutins ou les supposés tels, dans les règles. C'est déjà une grâce qu'on ne les tabasse pas en plus du pillage de leurs biens. Vraiment, les mutins sont maîtres ce jour. Ils sont accueillis en « messie ». La fanfare s'y mêle et bientôt, c'est le top départ pour la grande ripaille de Noël, la Noël de la libération, du bonheur en perspective.

Oyé! oyé, oyé, oyé!
Guéyoo! Merci!
Oyé! oyé, oyé, oyé!
Tontoon! Merci!

✿·✿·✿

Il est 20 h 15 minutes. Le chapitre politique du journal télévisé vient de prendre fin. Depuis la prise de pouvoir des militaires, cette édition du journal comptait parmi les plus attendues. Pour cause, la publication de la nouvelle équipe gouvernementale.

Félix Yacé, installé dans son impressionnant salon en compagnie de ses fidèles amis et de son épouse Simone, a sa main droite sur une bouche béante et cadenassée de tant de surprises. Il se tient soudain debout, les mains aux hanches, tête basse. D'un geste lent qui rend compte de sa peine, il éteint le poste téléviseur qui venait de diffuser un communiqué relatif à la nouvelle équipe gouvernementale.

– C'est proprement incroyable, ça. Qui l'eut pensé? Félix Yacé s'interroge, inconsolable.

Le leader de l'opposition dont les hauts cadres n'ont pas été nommés par la junte militaire fraîchement parachutée au pouvoir, est enragé. Il semble verser des larmes de dépit. L'accord secret qu'il avait passé avec les militaires n'a rien donné. Le parti Progressiste vient de se faire copieusement rouler dans la farine militaire.

– Impensable! Lance à son tour Séverin son conseiller politique, qui se tient le menton en secouant la tête.

– Heu, voilà, il n'y a plus de citoyen capables de diriger ce pays maintenant. Ceci est une trahison, continue-t-il.

– Tu parles d'une trahison, d'une haute trahison, je dirais.

Yacé avait enchaîné ces mots en pointant le plafond de son index droit.

– C'est le comble de la provocation, poursuit-il. Recruter des étrangers, en faire des ministres au détriment des dignes fils du pays !

Yacé et ses proches n'en peuvent plus devant ce qui ressemble à la plus grande duperie puérile de leur carrière politique.

Jusque-là, madame Simone Yacé, qui n'a encore rien dit, a toujours les yeux rivés sur l'écran du poste téléviseur pourtant éteint. Elle craint comme le traduit son hésitation que les circonstances ne se prêtent à quelque avis impopulaire qui accentuerait l'abattement visible sur chacun des visages. Cependant elle tente une question presque fermée.

– Vous avez bien entendu, comme moi, que Nicolas Balafon a été fait ministre de la junte militaire?!

C'est son époux qui réagit:

– Tu parles, dire que cet imbécile m'a même sollicité pour la confection des textes du Parti pour le Rassemblement d'Hassan Ottala.

– Rien ne m'irrite plus que la nomination de Sambola…un Burkinabé bon teint bon accent tordu…ce bon à rien a été naturalisé par Agali. C'est un pareil animal qui dirige maintenant le pays. Séverin était dégoûté.

– C'est de la pure provocation! Insiste Félix Yacé. On doit immédiatement faire quelque chose.

Sa femme qui est désormais convaincue d'être dans le ton de tous, redit:

– Et si par hasard la main d'Hassan Ottala était derrière ce gouvernement de clowns?

– Pour moi, c'est clair, refait son mari. Cela ne fait l'ombre d'aucun doute. L'analphabète de première classe qu'est l'adjudant Toipi n'est rien d'autre que l'ex-aide de camp d'Hassan, du temps de sa primature catastrophique. Et l'autre là, Douga, Bokaya Douga à qui j'ai donné il y a quelques semaines un billet de mille francs CFA pour s'acheter un paquet de cigarettes et un rasoir… Dire que ce singe est fait ministre. Dites, ministre de quoi, ils ont dit?

– Ministre chargé de la lutte contre le tribalisme et l'éradication totale de la xénophobie…répond Simone Yacé.

– Ha! ha! ha!, éclate de rire en chœur la petite assemblée.

– Et qu'est-ce que cela signifie? Cela doit cacher quelque chose, car un militaire, ça réfléchit toujours par le tibia, fait sur un ton un peu plus sérieux Séverin.

Les Progressistes mettent au garage les formules enlevées de leurs habituels discours et les voilà dans le commun.

– Félix, relance Simone Yacé, nous avons trop souffert pour qu'on vole si facilement cette victoire. Nous n'accepterons jamais que des étrangers, Burkinabés, et ce qui est pire, de parfaits illettrés, nous dictent dans notre propre pays notre conduite, cela ne se fera que sur notre cadavre, Séverin a raison, c'est une conspiration du Burkina et des musulmans contre notre pays.

– Non, non non. Je n'ai pas très exactement dit cela, corrige Séverin.

– C'est pourtant ce que tous, constatons, pas vrai? Quêta Simone Yacé. Tous, des nordistes à l'exception de ce bâtard de Guéyo et de son chien fidèle Bokaya. Dire qu'on comptait sur cet imbécile de Guéyo pour enfin instaurer la vraie démocratie dans ce pays.

Le conseiller politique de Yacé est blasé. Quant à Yacé, il n'articule plus rien. Il semble avoir son plan, sa petite idée sur tout cela, tant il est vrai que les grandes douleurs sont muettes.

⚙⚙⚙

Dès la composition du gouvernement d'exception, les journaux satellites du Parti Progressiste passent sans tarder à l'offensive. On peut lire sur la première page de *Le direct*: Nouveau gouvernement: les étrangers s'emparent du pouvoir. Et dans les colonnes, le journaliste venimeux de dresser l'arbre généalogique de chacun des ministres, y compris subitement celui du leader du Parti pour le rassemblement d'Hassan Ottala dont on reconnaît désormais au Parti Progressiste les origines étrangères.

En conséquence, le nouveau ministre chargé de la lutte contre le tribalisme et de l'éradication totale de la xénophobie, l'intraitable sergent, pardon le ministre Bokaya -dont on ne sait s'il a reçu délégation du procureur de la République- vient de convoquer le journaliste auteur de l'article et son directeur de publication.

Les deux hommes de presse se rendent dans les locaux du cabinet ministériel gardés où il est inutile de faire mention de fantassins lourdement armés. Dans son impressionnant bureau, le gringalet ministre Bokaya est confortablement installé derrière une immense table tirée d'un bois iroko ciré. Il est gravement flanqué de ses sicaires et semble impavide. Son costume gris rayé aux larges cols froissés, certainement cousu en toute hâte pour l'imprévue fonction ministérielle, n'est pas à sa taille. Ses maigres mains complètement mangées par les manches de la veste zébrée sont invisibles. Il semble que le projet initial de son tailleur était plutôt de coudre un boubou. Résultat, le ministre Bokaya ressemble trait pour trait à un épouvantail piqué dans une rizière malgache.

Ne jouissant point d'un quelconque précédent scolaire qui aurait fait de lui une compétence disponible dans le temps, il restera pendant toute son existence redevable à son maitre Guéyo qui mieux, vient de lui faire connaître les délices du pouvoir. D'où le zèle excessif dont lui et ses hommes de main font montre, pour prouver au bienfaiteur Guéyo, leur détermination sans faille à le servir.

Ainsi, sitôt les hommes de presse introduits dans ledit bureau, le ministre Bokaya qui les voit entrer, depuis une dizaine de mètres, dilate ses larges narines poilues, respire bruyamment comme un centaure et lance sur un ton de guerre:

– Hey vous deux-là! J'espère que vous avez des preuves! Si vous n'avez pas de preuve, vous être morts! Arrêtez-vous là-bas.

Les deux hommes ont à peine parcouru la moitié de l'immense bureau et s'arrêtent.

– Quelles sont vos preuves? Bande de tribalistes et de xénophobes!

Silence.

– Aucune? C'est la dernière fois que je le répète, quelles sont vos preuves que les ministres sont des étrangers? Aboie encore le ministre Bokaya.

Les deux hommes se grattent instinctivement la nuque, ils ne savent par où commencer les explications. Le ministre Bokaya presse un bouton sur le combiné de son téléphone. Alors la porte d'entrée de son bureau s'ouvre avec une brutalité inouïe derrière les hommes de presse. Avant que le directeur de publication ne se retourne pour localiser le bruit dans son dos, c'est un violent coup de marteau bien ajusté sur sa nuque qui l'étourdit sur le sol. Le journaliste, auteur de l'article avance instinctivement vers le ministre Bokaya pour échapper à un autre soldat qui le poursuit sur cinq petits mètres. L'homme de presse a les bras levés en signe de reddition. « Ha! », c'est le plein centre de son front qui accueille la barre de fer que lui balance son bourreau. Il tomba raide à deux mètres environ du bureau du ministre. Ce dernier assiste impassible à la scène qui lui procure la félicité qu'il souhaite. Il lance quand même sur un ton ferme à ses agents: « Ne le faites pas ici, allez terminer cela au camp, dehors! Demandez à quelqu'un de venir me nettoyer ce minable sang sur le mur; vous deux, foutez le camp d'ici ». On traîne les hommes de presse dans le sous-sol du building où ils sont précipités dans la caisse de fond d'un camion militaire. Deux autres hommes qui gardent l'entrée du sous-sol où est parqué le camion, y grimpent également. Dans le tumulte banal des rues du quartier du Plateau où le véhicule se faufile pour gagner le camp, nul ne peut se douter de ce qui vient d'arriver à ceux qui osent s'attaquer au nouveau gouvernement, au ministère chargé de la lutte contre le tribalisme et la xénophobie. Le camion a à peine le temps de sortir du quartier du Commerce que l'un des bidasses dit:

– Ces salauds ont déjà crevé! Qu'est-ce qu'on fait?

– Crevés ici ou au camp, c'est pareil, le patron a dit d'aller terminer cela au camp, pas vrai? Fait un autre.

– C'est bon, on n'a qu'à lui dire qu'ils ont crevé là-bas.

– Peuh, quelle importance…ici ou là-bas, c'est pareil. Il faut savoir simplement où planter ces corps de merde, c'est tout.

❋❋❋

Le camp militaire du premier bataillon d'artillerie qui a complètement supplanté le tribunal de la capitale, ne chôme pas. Dans le cadre du programme de lutte contre le tribalisme et la xénophobie, on a créé dans ce camp militaire un tribunal d'exception dont la plupart des « magistrats » ont à peine le niveau des cours élémentaires de nos écoles primaires. Ce tribunal d'exception officiellement chargé de juger les tribalistes, les sectaires, ceux qui ne comprennent pas le bien-fondé de la politique salvatrice du gouvernement militaire, s'est vite transformé en une « cour de kangourou ». Il possède même un numéro d'appel gratuit disponible vingt-quatre heures par jour. Tel quidam appelle-t-il la police militaire, se plaignant de son voisin qui le cocufie, qu'en un seul quart d'heure, les fantassins en panne de bastonnade débarquent à l'improviste chez le présumé amant. Et les bidasses le passent proprement à tabac. S'ils sont de mauvaise humeur ce jour, l'amant peut perdre la vie du fait de la myriade de coups qu'il reçoit. Ces bidasses sont si bien organisés qu'ils ont créé des spécialisations à l'intérieur du camp militaire. Composez le numéro de la brigade « Dragon noir », si vous souhaitez qu'en quelques minutes votre débiteur paie ce qu'il vous doit. N'hésitez pas à appeler la brigade « Puma », si votre voisin médit du nouveau gouvernement, c'est la preuve qu'il est contre l'ethnie à laquelle appartient le président; c'est-à-dire les honorables Abouki. Alors en cinq petites minutes, il est traîné devant le tribunal d'exception pour répondre de ses attitudes tribalistes et xénophobes. Êtes-vous jaloux d'un homme marié à une belle femme que vous convoitez? Vous pouvez directement appeler la brigade « Camora » qui vient punir l'homme injustement marié à une femme plus jolie qu'il ne le mérite. Quant au ministère chargé de la lutte contre le tribalisme, il est directement impliqué dans les délicates questions relatives aux hommes politiques, aux journalistes et à tout empêcheur de tourner en rond, de rang supérieur.

Les juges militaires d'exception ne discutent jamais. Comme le voleur a peur de la lumière, ils sont farouchement hostiles à ceux qui raisonnent. Toute la semaine qui suit leur prise de pouvoir, la milice du ministre Bokaya, composée de jeunes gens surexcités et drogués, se montre impitoyable dans un quartier populaire où un homme, dit-on, devait deux mille francs CFA à son cousin. Ledit cousin qui, rapporte un quotidien pour vanter le bien-fondé de la milice judiciaire, avait besoin de cette fortune pour régler de pressantes affaires de ménage, composa le numéro de la police. Le débiteur perdit un œil lors de la brutalité légale qui autorise le recouvrement de la créance de deux mille francs. C'est la preuve que donne le gouvernement de la fin du laisser-aller. La junte militaire a résolument décidé de mettre fin à l'impunité érigée en système de gestion lors de la présidence d'Agali.

❀❀❀

Contrairement à la pléthore d'énergumènes qui continuent de festoyer devant le recul évident de l'économie, il ne se passe de jour sans que plusieurs familles d'expatriés européens qui ont présagé le pire n'embarquent de l'aéroport international. On les voit défiler sur le boulevard Angoulvant, principal axe qui conduit à l'aéroport dans un ballet quotidien aussi impressionnant que catastrophique. Il n'y a plus de paix. La brutalité de la milice judicaire ne les a pas épargnés. On a souvent débarqué des fantassins dans les entreprises européennes pour recouvrer des impôts souvent imaginaires. On arrête souvent des Européens au feu rouge et on leur sonne de prouver sur-le-champ l'origine des fonds qui les autorisent à rouler les grosses cylindrées allemandes dans la capitale, pendant que le peuple meurt de faim.

On en voit qui prennent prétexte d'un contrôle d'identité, d'une rafle générale pour violer les pauvres prostituées d'origines étrangères qui opèrent dans les quartiers précaires.

Ce fait divers que rapporte le quotidien *L'indépendant* n'est rien d'autre que celle d'une sombre affaire de « grivèlerie de sexe » d'un milicien. L'homme aurait déclaré ne posséder qu'un gros billet de banque devant la prostituée qu'il visite ce soir-là. Celle-ci venait de le sonner de payer la somme de cinq cents francs CFA avant la passe. Rassurée pourtant par le ton ferme du bidasse, la prostituée l'autorise à se soulager avant de régler la facture. Mais à la fin de l'opération honteuse, le bidasse tente de faire le dur, se refusant à payer ce qu'il promit, menaçant même de mettre aux arrêts la prostituée en situation irrégulière. La dévergondée crie au secours. Foule d'accourir et notre brigadier non encore vêtu, préoccupé qu'il était par la querelle, de se jeter dehors, sexe encore humide fraichement retiré de la matrice corrompue, balançant au vent comme une cloche. Dans la rue que notre athlète traverse en grande trombe comme un champion olympique, il ne prête guère attention à ses poursuivants qui se sont déjà lancés à ses trousses. Jamais population de bidonville n'avait autant ri, devant le spectacle inédit qu'offrait à voir l'indigne militaire. Ce dernier parvint à se sauver. C'est, disent les témoins, la prostituée irritée qui publia les pièces d'identité de ce militaire dans les colonnes du journal qui diffusa le scoop.

Au total, les militaires ont eu raison de dire qu'ils promettaient un changement radical dans la société. La prouesse de ce soldat en est sans aucun doute la preuve.

3. Je libère donc je jouis (deuxième partie)

Le pouvoir de l'argent dépasse de loin celui de toute force brute
car il est capable d'acheter et la matraque et la baïonnette.
−WILLIAM COBBETT

Qui dans la capitale ne se souvient pas des amours ultra médiatisées entre Marie Cathy Akossy, l'ex-miss du pays, mannequin de renommée internationale, et le célèbre footballeur Sékou Ba Jules de l'AS Monaco? Footballeur légendaire qu'elle finira par plumer à sec comme une pintade de Guinée. Qui dans ce pays ne se souvient pas de ses frasques avec le célèbre chanteur de « couper décaler » D.J Aracouille qu'elle a failli entrainer au suicide? Marie Cathy Akossy est une pure croqueuse de vedettes. L'attitude caméléonesque étant son sceau et sa vraie marque de fabrique, dès qu'elle sent la ruine de son amant poindre, elle disparait. Mais à peine flaire-t-elle l'odeur d'une nouvelle « étoile », qu'elle retombe amoureuse. Elle tenta, dit-on, une idylle avec Jean-Claude Agali, fils cadet du président de la République déchu, Paul Agali. Mais si elle déserta les bras de Jean-Claude, ce ne fut nullement à cause de la tirelire essoufflée de ce dernier. C'est que les hommes de main de madame Agali fils l'auraient maintes fois menacée de mort. Et comme la mort campait dans ses affaires elle dut battre en retraite. Sinon elle ne recule devant rien.

Elle est ce jour, confortablement installée dans le soyeux divan de l'appartement luxueux qu'elle a acquis à la sueur torride de ses fesses, en train de feuilleter la pile de magazines Français de mode, question d'être à la pointe des innovations vestimentaires. Son regard croise le spot publicitaire sur le fameux SIDA, que lance depuis quelque temps, la première chaîne de télévision nationale. Soudain, une brillante idée traverse sa cervelle. « Cette campagne de lutte contre le SIDA, qu'inaugure le chef de la junte au pouvoir, le colonel Roger Guéyo en personne, ça doit proposer forcément quelque chose à se mettre sous la dent ». Sans doute, y aurait-il des cadres, des officiers supérieurs à séduire et à corrompre… Et pourquoi pas le colonel-major lui-même. N'avait-elle pas été initiée grâce à ses clandestines amours avec Jean-Claude Agali aux arcanes du pouvoir? C'est alors même très possible, car un homme, c'est toujours un homme.

On savait Marie Cathy Akossy capable de mille tours. Mais nul ne sut par quelle adresse l'ex-miss parvient à se dissimuler sous la gigantesque tente où le colonel-major et la nouvelle équipe de fantassins sont confortablement installés sur le vaste terrain nu de "Sowéto".

Sitôt la cérémonie terminée, elle escorte la délégation jusque dans son secret. Le colonel-major Guéyo, en personne, la reçoit dans le salon privé d'une des résidences confisquées d'Agali en tête-à-tête, loin de son épouse. Après le dîner, elle le félicite pour son grand cœur et sa grande compassion pour les plus démunis. Bien vite, elle propose au colonel-président sa détermination à œuvrer pour le rassemblement des femmes dans cette lutte conjointe contre le SIDA.

Entre deux rots sonores provoqués par la délicate saveur du muscadet blanc cognac Français qu'il partage avec son invitée particulière, il claque avec peine la volumineuse langue encombrant son palais et dit:

–Je voudrais vous proposer le poste de haut-commissaire chargé de la lutte contre le SIDA, vous allez vous occuper de l'encadrement des femmes, c'est bon?

L'ex-miss entrebâille ses cuisses de velours, crevant ainsi de l'éclat de ses entre-jambes corrompus, la vue du colonel qui ne dit mot. Elle recroise lentement ses cuisses couleur marron-placard à peine couvertes et, ayant réalisé l'effet de son appât, sourit, laisse voir ses dents blanches alignées comme pas faites pour manger et dit de sa voix fluette.

–Mon général…pardon, mon président, vous savez, je connais très mal la hiérarchie de l'armée, quoique les hommes d'armes à votre image m'aient toujours inspiré beaucoup de respect; mais bref, je me réjouis de cette proposition. Je ne sais comment vous remercier, vous savez…

Entre-temps, le colonel-major se reverse une autre adulte rasade du cognac, tire ses commissures pour exprimer sa satisfaction, rote à nouveau et tente de centrer son attention. On sent qu'il s'y prend avec grand-peine car le cognac semble avoir engagé un réel combat contre lui. Marie Cathy Akossy de poursuivre.

– Merci encore mon général. Oups! Mon colonel. Je n'ai rien d'équivalent à cette proposition exceptionnelle à vous offrir et vous m'en voyez bien désolée.

Le président sourit, se penche vers son invitée et dit sans diplomatie ni courtoisie aucune:

– Vous pouvez dormir ici ce soir.

S'il est vrai que Marie Cathy s'était quelque peu préparée à une telle proposition, c'est d'ailleurs son arme fatale, elle ne s'attendait pas à tant de maladresse de la part du président. Elle est quelque peu perturbée, mais s'étant vite reprise, elle se dit qu'il faut être irréaliste pour échouer si près du but:

– Je n'y trouve aucun inconvénient mon géné…oh cette fois je suis gênée, je ne sais pourquoi je m'entête à faire de vous un général, mon président.

Ces méprises de l'ex-miss, loin de provoquer le courroux, finissent par donner quelques idées au président Guéyo.

– Ah, ah, ah; ricane-t-il, vous parlez comme quelques délégués du peuple que j'ai rencontrés hier, ils disaient que je mérite d'être un général. On ne refuse jamais la volonté du peuple, c'est donc pour bientôt, j'ai confiance en mon peuple, il me nommera général, je suis sûr de ça.

Le colonel président fait un signe d'index à la jeune femme. Bientôt elle le rejoint dans le soyeux divan où il est enfoncé, les yeux comme sommeilleux. L'experte sait que lorsque les structures mentales de bien des mâles sont déconnectées par l'éthanol, leur sang circule plus rapidement dans leur bas-ventre. Subtilement, elle plonge sa main souple sous l'ample boubou du président et rencontre l'obstacle de son membre rebelle. Au toucher de ses attributs, le colonel-major pousse le soupir de la chair vive gagnée par le métal qui la déchire. En un tour de main elle déroule lesdits attributs qu'elle enfonce brutalement et goulûment entre ses chaudes lèvres. L'émotion grimpe à sa cime. L'homme Guéyo, craignant de dégueuler sous la pression du jeu harmonieux et habile des mains souples et des lèvres voraces, se dégage et descend d'une main l'honorable sous-vêtement présidentiel. D'une main, il maintient le bras léger de sa proie comme si encore à cette étape de l'affaire, elle pouvait encore lui échapper.

– Je suis là mon président, je ne m'en vais pas, fait-elle remarquer.

Ce mot, le colonel président n'y prête guère attention. Marie Cathy qui est fière de contempler les attributs présidentiels est sur son dos couchée, toujours vêtue elle introduit une ultime requête:

– Mon président?

– Quoi? Fait Guéyo.

– Avez-vous par hasard un préservatif?

– Hein? Fait ce dernier surpris.

– Un préservatif, une capote anglaise, tente-t-elle d'être plus clair!

– Ca…quoi? Ca-pote? Oh, mais non, ça c'est bon pour les jeunes, protesta Guéyo.

Il est plus préoccupé à dégager le fin slip transparent et dentelé de la belle vicieuse aux fins de se faire un chemin, qu'à écouter les histoires « des jeunes ».

Marie Cathy ne dit plus rien. L'autre, l'ardent adversaire du SIDA qu'il s'est promis de bouter hors du pays, mais dont le bouillonnement du bas-ventre est plus fort que les scrupules et les principes bons pour les oreilles des populations abruties et naïves de "Sowéto", s'est déjà, en une traite, frayé un chemin. Mais la bedaine présidentielle gêne quelque peu l'opération délicate. La belle, elle, le sait qui en un coup de rein athlétique bien ajusté, signe de sa jeunesse, donc de sa fraîcheur, parvient à arracher bien vite de bruyants soupirs au pauvre Guéyo. Soudain, un voluptueux spasme traverse, dans son voyage vers l'enfer, tout le corps du colonel-président, dont la respiration se trouble, tant fort est le plaisir.

– Heuuuuuur! Finit-il par se décharger au bout de quelques petites secondes. Ce hurlement s'enchaîne d'une abondante coulée de salive qui fuit de son gosier. La poitrine ferme de la jeune femme est inondée. Seule la fortune, les promesses de promotion sociale, peuvent ainsi humilier une si belle créature.

La miss le regarde avec un petit sourire ironique. Elle vient en une seule prise de terrasser le colonel-major. Elle est déçue, mais bien contente que cet homme mal fait qui ne la possède que grâce à son nouveau rang social ne l'ait contrainte à prolonger la difficile et pénible comédie.

— C'était bien, dit simplement Guéyo en se torchant le museau du revers de la main.

❀❀❀

La junte militaire a vraiment décidé de bosser dur. Preuve à l'appui, on voit ce jour le colonel-major Roger Guéyo le prouver dans cette autre allocution marquant le lancement de l'un de ses principaux axes de développement: la lutte contre le tribalisme et la xénophobie, d'où la création d'un département ministériel à cette fin, et la part de lion faite aux ministres que le Parti Progressiste suspecte d'être d'origine étrangère. Ensuite, la lutte contre le SIDA. Voilà le contenu de l'ambitieux programme de gouvernement de l'équipe Guéyo. « L'économie, ça peut attendre, c'est quand y a la paix entre les citoyens, la nourriture pour tout le monde et quand les gens ne sont pas morts de SIDA, qu'ils peuvent parler d'économie nationale », disait Guéyo.

— Chère population de « "Sowéto" », vous avez déjà vu Paul Agali dans ce quartier?

— Non! L'acclame une foule acquise à sa cause.

— Bien, nous voulons lutter contre le SIDA ensemble. Nous, on est différent de ceux qui pensent que les gens des bidonvilles ne sont pas des citoyens de ce pays.

— Guéyo! Guéyo! Guéyo! Lance une foule en liesse, satisfaite que désormais, le pouvoir se soit rendu si humble, si sensible aux déboires des plus démunis.

Après avoir lapidé une myriade de slogans enflammés dans les oreilles sensibles de son assistance, il finit par conclure:

« Mais vous les jeunes, il faut vous protéger contre le SIDA, en mettant les capotes, car sans capote, c'est le SIDA qui vous attaque. Merci. »

Marie Cathy se leva la première et initia l'ovation.

4. La campagne électorale (première partie)

« Le novateur a toujours pour ennemis
Ceux que l'ordre ancien arrangeait ».
– NICOLAS MACHIAVEL

Le ministre de la réforme administrative, Jacques Ogossa et le parti au pouvoir n'en pouvaient plus de ses attitudes de réformateur. André Mané l'idole des jeunes osa même refuser la mission que le président lui avait confiée pour dénouer la crise universitaire. Son affectation à Sangodia était donc une punition. Mais contrairement à ses appréhensions, sa petite famille s'adapta sans grandes difficultés à la vie de Sangodia. Son ami d'enfance Moussa Fangabi patron de l'agro-industrie et grand éleveur de la région l'avait convaincu qu'il s'y plairait. D'ailleurs Ses revenus dépassaient nettement la moyenne dans ce trou du bout du monde.

C'est un changement radical que les Sangodiens attendaient. D'où leur enthousiasme relatif à l'annonce de la candidature du jeune fonctionnaire de la réforme administrative, André Mané, qui venait d'arriver en ville. Ils n'ignoraient pas qu'il avait appartenu au parti au pouvoir. Mais ils retenaient qu'il l'avait objectivement critiqué avant de s'en retirer pour postuler indépendamment à la fonction de député de Sangodia. Et qu'en outre, il avait fréquenté le lycée moderne de la ville et restait donc sentimentalement attaché à cette dernière. Bien que ses chances fussent minimes, Souleymane Biloka, le nouveau candidat du pouvoir aux législatives décida de faire campagne contre André Mané, le candidat indépendant, et Simplice Soloni du Parti Radical. Biloka, l'homme du pouvoir comptait sur la fraude comme par le passé et sur le transfert du bétail électoral d'une province à une autre pour être élu.

Ces électeurs-mercenaires qu'on pouvait acheter avec une baguette de pain, une boite de sardine ou une poignée d'arachide étaient de vrais professionnels du vote. On déplaçait par camion ces «sardinards», comme ils étaient communément appelés, d'une province à l'autre pour corser le score des élections. Souleymane gueulait à tue-tête chaque fois que l'occasion s'en présentait pour faire savoir que c'était grâce à lui, et à lui seul, que l'électricité, l'eau courante et le bitume existaient à Sangodia.

Il s'évertuait à expliquer de sa voix fluette que c'était sa familiarité stupéfiante avec le père de la Nation -avant le décès de ce dernier qui se trouvait curieusement être le seul témoin de cette intense amitié- qui avait été décisive dans la modernisation de la ville. Mais personne ne le croyait vraiment. Même pas ses partisans dont une large majorité avait fait courir le bruit de ses trop fréquents rapprochements avec les marabouts et magiciens.

En effet, ne pouvant plus se remettre de la chute de sa cote de popularité qui, en réalité, n'avait jamais été aussi élevée, Souleymane avait même consulté l'incontournable marabout El Hadj Gbagbadji Sanogo. Le magicien, le marabout, le « dadarabe », le prêtre vaudou le plus puissant, le plus célèbre du pays. Certains le disaient centenaire, immortel, descendu du ciel par une échelle mystique. Au contraire, d'autres enseignaient qu'il était une réincarnation d'un esprit maléfique en croisade pour moissonner les âmes cupides et avides.

Ceux qui l'ont vu de près parlent d'un homme au physique très repoussant qui, malgré la fortune colossale reçue de ses riches clients, ne vivait que dans une case conique malfamée et coiffée d'une paille par endroits grillée par le soleil. On dit qu'à l'intérieur de ladite case, une multitude d'oiseaux mythologiques ou éteints depuis des lustres et momifiés pendaient du toit, suspendus à l'envers comme des chouettes. Leurs grands yeux clairs de hibou comme une lame de guillotine au-dessus de la tête semblaient épier les conversations des clients consultés. La pièce mal éclairée dans laquelle le puissant marabout Gbagbadji consultait répandait toujours une accablante odeur d'encens, de souffre et d'azote.

En préparation pour la campagne électorale partielle, Souleymane Biloka s'y rend un jour, sac en bandoulière et escorté par l'interprète de la maison. Il découvrit en effet un albinos centenaire ou presque, assis au fond d'une pièce funeste éclairée par un petit feu de bois. On aurait dit une momie. Un silence hermétique y régnait, fréquemment rompu par la traversée brusque de chauves-souris dont les cris macabres tourmentaient atrocement le visiteur. Des peaux de fauves laminées sur le sol faisaient office de tapis. Aux murs d'argile cuite, lézardés par endroits, pendaient d'horribles masques aux dents de tenaille, aux yeux fichus et aux oreilles décollées comme des manches de cisailles. Le vieillard avait l'œil droit mis clos, un front rebondi et plissé comme s'il était casqué. À l'arrivée du politicien, sa large bouche béante soufflait encore bruyamment les restes d'un plat de fonio certainement mal cuit. Au milieu de ses grands yeux immobiles et noirs de cobra, était planté un grand nez voûté comme un bec de calao et qui masquait partiellement sa gueule entr'ouverte. Celle-ci était tordue, affaissée et incapable de retenir son abondante salive, faute de dents. Résultat, Gbagbadji semblait cracher constamment dans son propre repas. L'interprète se déchaussa et se mit littéralement à plat ventre pour saluer le marabout. Biloka se mit à genoux sur ses babouches, à deux mètres du magicien. De cette position frontale, il ne manqua pas de remarquer, grâce à la lueur du petit feu de bois, une colonie de poux en promenade libre sur la tête aride du sorcier. Pouah! Biloka faillit vomir. Mais il se retint in extremis, entendu qu'aucun palais ne ferme sa porte à un âne qui porte de l'or. Son or. Quand il se ressaisit, il put entendre distinctement un bruit insupportable, semblable à celui d'un homme essoufflé, s'échapper d'un angle de la pièce. Souleymane tenta de ne pas prêter attention à cet étrange bruit. Il avait peur.

– Chef, approchez-vous du vieux, fit l'interprète.

Biloka parut hésiter comme intimidé par les grands yeux noirs et immobiles de cobra du magicien. Alors il n'avança que de quelques centimètres.

Puis El Hadj Gbagbadji de lancer une parole incompréhensible destinée au politicien dans l'oreille droite de son interprète. Ce dernier se nettoya instinctivement le visage arrosé par la salive éjecté du marabout avant de dire:

– Chef Biloka, le vieux dit qu'il sait pourquoi vous êtes là.

– Ah bon? Déjà? Mais je n'ai encore rien dit; fit Souleymane Biloka surpris mais excité.

– Le vieux sait tout chef, refit l'interprète en ricanant.

– Ah oui? Alors? Qu'est-ce qu'il dit d'autre? Hum?

Souleymane était impatient.

S'étant à nouveau repenché pour saisir la suite du discours de Gbagbadji, l'interprète redit presqu'aussitôt.

– Chef, le vieux dit que vous gagnerez les élections cette année, Inch Allah!

Souleymane Biloka semblait rêver. Son heure était enfin venue.

– Amina! Enchaina-t-il en retour.

Une lueur transfigura son visage d'homme cupide et vendu.

– Le vieux veut savoir si vous avez apporté les fournitures du rituel; continua l'interprète.

Alors Souleymane Biloka ouvrit le sac qu'il portait. L'interprète y jeta un coup d'œil et après quelques secondes d'examen, fit un signe d'acquiescement du pouce droit au magicien. Il s'agissait de deux crânes humains, de trois litres de sang d'adolescents, de trois clous d'un cercueil enseveli et gagné par la vermine, d'un linceul blanc, d'un fémur de bébé, d'ongles et cheveux de mort. Sans oublier le nerf de la guerre : une somme de cinq millions de francs CFA.

Pour obtenir ce butin, il dût recourir à l'implacable férocité des nouveaux mercenaires de la capitale: les « microbes ». Ces criminels adolescents bourrés de chanvres et d'amphétamine, sans cœur, sans pitié! Les pires bourreaux des policiers et gendarmes qu'ils découpaient souvent à la machette sous licence. Combien de travailleurs aux arrêts de bus n'avaient-ils pas agressés, éventrés et dépouillés pour un téléphone portable? Combien de têtes n'avaient-ils pas coupées sous ordre des marabouts et politiciens? Fouiller, souiller et vandaliser les tombes à la recherche du trésor facile, étaient pour eux un jeu. D'après un euphémisme controversé du ministre de la sécurité, «les microbes» ne seraient que « des enfants en conflit avec la loi ». Ce dernier plaidait qu'envers ces gamins pourtant gravement ratés il fallait exprimer compassion et attendre patiemment le temps de leur maturité. Et non rage et colère.

Ainsi devant l'impunité dont jouissaient ces enfants, Souleymane l'opportuniste, comme bien d'autres, savait les utiliser pour moissonner à bas prix les crânes humains pour ses affaires.

– Merci chef, refit l'interprète à la vue du butin.

Dès qu'il s'en saisit, il redit à Biloka:

– Maintenant, rapprochez-vous davantage pour la bénédiction finale.

Alors le puissant magicien aux doigts tremblants, après avoir déposé non sans peine son plat de fonio à côté du feu, inspira profondément. Puis il siffla un long crachat visqueux, pâteux, syphilitique et tuberculeux à la face du politicien cupide qui tomba immédiatement par terre, emporté par un réflexe d'esquive. S'étant aussitôt remis à genoux par crainte de nuire à la cérémonie qui comptait tant pour lui, il se frotta le visage avec le jet de salive mêlée de pate de fonio que le marabout venait de lui servir.

– Merci le vieux… Merci beaucoup, dit-il tout essoufflé.

– C'est bon, maintenant voici les formules à réciter au quotidien et les instructions du sacrifice à faire.

L'interprète lui tendit un bout de papier sur lequel quelques mots mystérieux avaient été griffonnés. Biloka s'en saisit des deux mains, puis le rangea dans la poche de sa chemise.

– Chef, c'est terminé. Maintenant vous pouvez partir, conclut l'interprète.

Biloka se leva et avant sa retraite, il demanda à mis voix à son traducteur.

– A propos, c'est quoi ce bruit de respiration profonde que j'entends sans cesse, là?

– Ha ha ha, ricana l'interprète. Pas grand-chose. C'est juste un cadenas.

– Comment ça un cadenas?

– Oui un cadenas. Un cadenas…mais magique! Une commande.

– Une quoi? Comment ça « une commande »?

– Bah tôt ce matin, le vieux y a emprisonné l'âme d'un homme sur commande de l'ennemi de ce dernier.

– Quoi? La respiration sort du cadenas?

– Ouais! L'homme dont on a emprisonné l'âme dans le cadenas ce matin mourra à minuit.

– Han?

– C'est exact. Aujourd'hui à zéro heure, ç'en est fini pour lui.

– Mort? Comme ça ? Fit encore Souleymane Biloka, incrédule, le cœur menaçant de s'éjecter de sa poitrine.

– Oui, le vieux peut tout faire, chef Biloka. Si vous voulez liquider quelqu'un, venez le voir.

Souleymane Biloka écarquilla ses yeux, se caressa la nuque et recula comme s'il regrettait d'être venu. Ayant précipitamment enfilé ses babouches, il sortit de la case du magicien El Hadj Gbagbadji Sanogo comme s'il craignait pour sa propre vie.

Quand il regagna son domicile, on dit qu'il y traina une foule de démons qui hantèrent longtemps ses tristes nuits déjà ponctuées d'insomnies. Le tout se compliqua quand il eut terminé le rituel de la plage de Zackville. Un jour de pleine lune, il y traina en effet un bouc comme recommandé par son marabout. Après ses incantations incompréhensibles, la mer se fendit. Un personnage à l'aspect d'une femme et qui pouvait faire six mètres de haut se découvrit dans la mer séparée. Ses yeux étaient de braise. Ses longs cheveux noirs comme bercés par les vagues étaient pourtant en feu. Ses pieds semblaient flotter sur le fond de cette mer asséchée dont les vagues latérales jetaient des pointes de flammèches intenables. Souleymane sur la plage tremblait, cloué de trouille, le bouc à ses côtés. Il ne s'attendait pas à une créature si immonde. Il vit derrière celle-ci, des corps mutilés à perte de vue. Une myriade d'autres créatures en parade semblables à des reptiles antédiluviens s'accouplant mêlés aux corps amputés et empilés. Une vision sordide! Mais il ne sentait ni odeur ni chaleur en dépit des hautes vagues enflammées. Soudain il eut un silence. Un profond silence. «Un silence inimaginable». Jamais sur terre, une absence de bruit n'aurait été autant perceptible, saisissante. On aurait dit que le temps s'était suspendu pendant quelques secondes. Tout était immobile. Il faillit s'étourdir. Il sentait que même ses pieds l'avaient lâché, comme si on lui avait coulé du béton jusqu'aux genoux. Puis soudain, vint ce moment de vérité. La créature lui lança de sa voix trempée dans un écho insupportable et grave qui fit davantage trembler la mer:

— Que veux-tu?

Ce dernier sentit cette question le foudroyer comme une lame de glaive.

— La fortune, avoua l'homme avide en tremblant.

— Es-tu, pour cela, prêt à me servir?

— Oui.

— Alors vas et sois riche, maintenant tu m'appartiens.

— Puis dans un gravissime rire sarcastique qui s'écrasa dans un autre effroyable tourbillon d'écho, la créature disparut.

Il se retrouva nu à l'aube, sur la plage. Il constata également que le bouc avait disparu, emporté sans doute par cet esprit évidemment sorti tout droit de l'enfer.

Mais si sa brave épouse déserta le lit conjugal, c'est surtout à cause du parfum capiteux déshydratant et étrangleur dont son homme n'arrêtait de s'embaumer après chaque rituel. La pauvre! Elle souffrit tantôt de migraines atroces et de renversements d'estomacs, tantôt de rhumes du cerveau et de manque d'appétit. Souleymane, qu'elle avait pourtant prévenu de son départ imminent, était bien trop occupé à réciter ses mantras pour prêter oreille aux déboires de l'infortunée épouse.

Plus tard, il s'était laissé convaincre que la copulation avec de jeunes mâles étaient source de puissance. Et son avidité de pouvoir fut plus forte que ses scrupules. Malheureusement pour lui, ces errements portèrent l'estocade à sa carrière politique agonisante. En effet, les adolescents qui avaient été les victimes de ses pulsions déplacées et mal contenues ne purent garder le silence sur leurs sombres ébats. Il fallait bien qu'ils expliquent à leur entourage pourquoi ils souffraient terriblement d'une distension des muscles anaux. Et que, à la même occasion, ils en indiquassent l'immonde auteur.

En dépit de tout cela, Souleymane Biloka ne se décourageait pas. Couvert et blanchi par le parti au pouvoir, il s'était sorti de toutes ces affaires sans la moindre égratignure. Il était même certain que cette fois serait la bonne. Face au novice qu'était Soloni et à « l'étranger » André Mané, son heure lui paraissait avoir sonné.

❖❖❖

La campagne n'était ouverte que depuis une demi-journée. Mais André Mané tint à se rendre dans un obscur hameau peu distant du centre-ville pour en rencontrer la population. Pour la circonstance, il avait un chauffeur -il fallait bien se donner quelque contenance aux yeux des électeurs- et s'était fait accompagner d'Alain Salamy, un jeune consultant en marketing que son ami, l'homme d'affaires prospère, Moussa Fangabi, lui avait prêté. Derrière, des membres de son staff suivaient dans deux Nissan Patrol. « Sacré Moussa! », se dit intérieurement André. Moussa n'avait pas lésiné sur les moyens. Véhicules tout-terrain, vivres, affiches, tee-shirts imprimés et autres victuailles au frais de Moussa Fangabi.

Après quelques kilomètres de piste à travers une épaisse forêt semée de plantations archaïques, les trois véhicules arrivèrent dans le hameau communément appelé le village des Bando. Il portait ce nom pour la simple raison que seuls des membres de cette ethnie l'habitaient. Personne ne savait vraiment pourquoi il répugnait à ces Bando de s'installer à la ville toute proche. On racontait même qu'ils préféraient rester à l'écart pour préserver la pureté de leur espèce.

Ce dont on était certain était que ces Bando ne restaient là que le temps de cultiver la terre, puis d'en récolter les fruits. Et que jamais, ils ne manquaient l'occasion de leurs fêtes traditionnelles pour retourner investir dans leur région d'origine, dans le centre du pays, l'argent reçu en contrepartie de la vente de leurs récoltes. Ils n'investissaient que rarement à Sangodia. Et cette attitude commençait d'ailleurs à irriter les autochtones qui devenaient de plus en plus réticents à prêter ou à louer leurs terres aux Bando. Mais, pressentant que les membres de leur tribu risquaient d'être pénalisés, les Bando au pouvoir tels que le président de la République avaient, à l'instigation de tribalistes dangereux comme le mystérieux M. Bomo, entrepris de faire voter une loi pour pérenniser la situation. Les habitants du village des Bando n'en furent que plus haïs.

On les accusa donc systématiquement d'être à l'origine de divers maux qui tourmentaient les natifs de Sangodia. En particulier des feux de brousse qui, disait-on, étaient la conséquence de l'inconscience professionnelle de leurs agriculteurs. Et quelquefois, de vives tensions surgissaient sur des questions foncières. À cela, les rares habitants du village des Bando, qui avaient du répondant, intellectuellement, arguaient que, de par la Constitution, le territoire national était un et indivisible. Ils avaient donc, selon eux, le droit de s'installer où bon leur semblait. Ils soutenaient aussi qu'ils étaient là par nécessité économique parce que la nature avait été peu clémente avec leurs propres terres, peu fertiles. Par ailleurs, ils rejetaient toute responsabilité face aux feux de forêts.

S'ils avaient en grande partie raison, sur ce dernier point les Bando avaient tort.

Mais André avait décidé de ne point aborder les questions qui fâchent. Pour des raisons évidentes de tactique politique, il avait choisi d'éviter de mécontenter cette énorme masse de personnes vivant dans une promiscuité peu reluisante.

En parquant ses véhicules, l'équipe du candidat Mané fut surprise de constater que Biloka les avait précédés. Ce dernier s'époumonait déjà devant une marée humaine rassemblée sur une place aménagée au milieu d'un baraquement en planches usées et en tôles rouillées. Il semblait avoir du succès. Car chacune de ses phrases, assenées avec véhémence, arrachait des applaudissements à la foule.

André se rappela que les Bando soutenaient l'Union Démocratique aussi bien par tribalisme que par réelle conviction. N'était-ce pas des Bando qui dirigeaient l'Union Démocratique? Aussi, il trouva plausible la remarque d'Alain Salamy.

– Voyez-vous M. Mané, ces personnes sont en majorité illettrées. Elles ne comprennent pas la plupart des mots que le candidat Biloka est en train de prononcer. Mais elles savent qu'il est le candidat de l'Union Démocratique, leur parti. Voilà pourquoi elles l'acclament dès qu'il prononce quelque chose avec énergie.

– C'est vrai. Mais, dites-moi Alain... est-il vrai qu'il y a ici des adultes qui ignorent leur propre nom.

– C'est vrai Monsieur. En fait, il s'agit des noms et prénoms figurant sur les documents de l'État civil. Ils ne les connaissent pas pour la plupart.

– Mais alors...comment se désignent-il? Fit André, stupéfait.

– Les surnoms attribués durant l'enfance...

Les yeux écarquillés d'étonnement, André regarda longuement son interlocuteur. Il se gratta la nuque et soupira:

– Alain, je crois que notre tâche ici sera particulièrement ardue...Quelles sont nos chances à votre avis?

– Franchement M. Mané, on ne peut pas dire que le village des Bando soit notre fief...Tenez, voici Waka Waka qui arrive. Ce nom signifiait, « le margouillat à tête rouge ». On raconte qu'aucun cheveux ne voulut pousser sur son crane jusqu'à l'âge de dix ans. La tête du bébé qu'il était brillait, brune et lisse comme un miroir. Les railleurs saisirent l'occasion et le surnommèrent ainsi. Même lorsque plus tard quelques rares poils commencèrent à pousser sur sa tête aride, ils n'occupèrent que les parties latérales et arrières du crâne; à l'exception du sommet.

Waka Waka était un paysan rustre et trapu. Il avait vécu toute sa vie dans le village des Bando. Ses rudes activités champêtres et son alimentation de médiocre qualité –il ne mangeait que des ignames- l'avaient prématurément vieilli. De sorte qu'en dépit de ce qui ressemblait à une calvitie mature et le rhumatisme qui déformait sa démarche, il devait n'avoir qu'environ trente-cinq ans. « Environ... » Car lui-même ignorait la date exacte de sa naissance. Sa mère, la seule personne qui aurait peut-être pu s'en souvenir, avait été fauchée par une terrible maladie quelques semaines plus tôt. Le calvaire que la malheureuse avait enduré avant de rendre l'âme avait poussé son pauvre fils à courir de porte en porte quêter quelques sous afin de la soigner. Ses pérégrinations l'amenèrent à frapper à la porte du richissime politicien Souleymane Biloka. Mais ce dernier, contre toute attente et malgré l'affabilité qu'il affichait en ville, rabroua sévèrement le pauvre paysan. Cette infortune fut à l'origine de la profonde mutation de vues politiques qui s'opéra dans la conscience de l'homme. Ne parvenant pas à oublier son ressentiment à l'égard du candidat Biloka, et par ricochet, de l'Union Démocratique, il décida alors de prendre fait et cause pour le candidat Mané, qui se trouvait aussi être « l'ennemi » de l'Union Démocratique. C'est pourquoi, il avait proposé ses services à Alain Salamy, le directeur de campagne d'André Mané.

Waka Waka venait de rejoindre André et Alain, debout à proximité de leurs véhicules.

– Bonzou patlon, commença-t-il en se prosternant littéralement devant André. Puis il se releva et sourit à Alain, découvrant des gencives noirâtres garnies de chicots eux-mêmes jaunis par la kola.

– Comment vas-tu, S'enquit André.

– Yé va bien...eh patlon...messi boucou patlon, répondit-il avant d'enchainer avec un rire servile interrompu par une quinte de toux sèche et musclée.

Il détourna la tête pour libérer un jet de salive gluante et rougeâtre, s'essuya les lèvres de ses mains rugueuses et dit à mi-voix comme s'il redoutait quelque oreille indiscrète.

– Patlon...eh patlon, toi n'a qu'à parti vite.

– Mais pourquoi donc? Lui demanda Alain Salamy.

– Eh patlon...hum...ya glan patlon-la qui la veni de capital...hum... qui la veni pou le donner boucou lazan tout le monde pou que... hum... nous n'a qu'à te sasser.

Ayant réussi à déchiffrer la syntaxe abstruse qui gouvernait les propos du paysan, André intervint, interloqué.

– Mais, qui?...Le ministre Ogossa?

– Non patlon...hum...c'est tonton Bomo...hum...moi ye n'a rien dit toi hein.

– Qui c'est ce Bomo? Demanda Alain à André.

– Aucune idée; avoua ce dernier.

En parlant, Waka Waka jetait des coups d'œil furtifs derrière lui, vers l'assemblée que Biloka était en train de haranguer; comme si un péril couvait de ce côté-là.

Souleymane Biloka continuait de vociférer furieusement depuis la benne d'un camion faisant office d'estrade. Il expliquait à une assemblée trop peu instruite comment la violence légitime dont le monopole est détenu par l'État serait employée -s'il était élu- pour permettre aux Bando de conserver les terres qui leur plaisaient et qu'aucun autre candidat ne disposait d' autant de relations que lui dans les hautes sphères de la République.

En entendant ce discours manifestement démagogique, André se dit que ce dinosaure était semblable à la plupart des caciques de l'Union Démocratique, qu'il était un opportuniste impénitent.

Souleymane Biloka était effectivement un homme rusé. S'il avait choisi de focaliser ses énergies sur les nombreux ignares qui vivotaient dans ce hameau, c'était parce qu'il avait compris qu'en politique l'ignorance des masses est une manne à exploiter sans merci.

Alors il embobinait sadiquement les pauvres paysans qui croyaient naïvement en sa loyauté.

Bientôt, il aura craché tout le venin qui l'étouffait. Il remarqua alors la présence du candidat Mané dans le hameau. Tout d'un coup, il se fâcha. Ses yeux s'allumèrent brusquement et ses cheveux parurent se dresser sur son crâne chauve. Pointant son index dans la direction d'André Mané, Souleymane aboya à l'adresse de la foule:

– C'est lui! Il veut vous prendre vos terres!

Aussitôt, l'auditoire se retourna et, ayant ramassé des gourdins et des pierres, se mit à charger en poussant des hurlements terrifiants.

Waka Waka, levant les bras, fit courageusement un pas dans la direction de la meute en furie dans l'espoir de la calmer. Mal lui en prit. Une lourde pierre vint s'écraser sur la tempe du médiateur improvisé. Il s'effondra sur-le-champ. Mais à la vitesse de l'éclair, il fut à nouveau sur ses jambes et sans demander son reste, prit la poudre d'escampette à travers les buissons tout proches. Il les trouva plus sûrs que les véloces Nissan Patrol stationnées à quelques mètres seulement; car les contingences l'avaient rendu expert de la survie en milieu hostile.

André Mané et ses collaborateurs n'eurent que le temps de grimper dans leurs voitures et de démarrer en trombe. La grêle de projectiles qui s'abattit put quand même leur briser des vitres qui leur laissèrent des égratignures.

❁❁❁

—J'en ai assez!...Je n'ai rien dit jusque-là mais tu devrais comprendre qu'on se fait trop d'ennemis!

Yvonne sa femme fulminait. La mésaventure du village des Bando, que son mari venait de lui conter, fut la goutte qui fit déborder le vase.

André tenta de l'apaiser d'une voix suave.

—Je t'en prie Yvonne, tu sais très bien que...

—Je m'en fiche complètement! Qu'est-ce que tu crois?! Que tu es l'homme le plus conscient de ce pays? Hein? Eh bien, un homme conscient pense avant tout à sa famille! Il ne va pas risquer sa vie pour prouver quoi que ce soit! À qui que ce soit!

Puis elle sortit de la chambre en claquant la porte. André se leva brusquement du lit et s'élança vers la porte. Il voulait rattraper sa femme pour la sermonner. Pour lui dire qu'il attendait d'elle qu'elle lui fit confiance. Il était visiblement en colère.

Mais ayant atteint la porte, il s'arrêta et souffla quelques secondes pour dominer son émotion. Lentement il gagna le salon et alluma le téléviseur pour se relaxer.

Le générique du journal qui venait de commencer interrompit ses pensées. Comme d'habitude, l'édition commençait par un long reportage sur des cadeaux offerts par la première dame à quelques femmes de son comité de soutien. Puis il servait une manifestation de reconnaissance au président de l'Union Démocratique. Ensuite il enchainait sur un interminable séminaire ou un colloque aux incidences socio-économiques négligeables. Enfin, une autre édition spéciale insistant sur la « générosité légendaire » de la première dame, qui venait d'offrir deux matelas, une paire de gants, un ballon d'oxygène ou un carton de seringues au centre antituberculeux de l'hôpital central. Tantôt il s'agissait de l'inauguration d'une pompe d'hydraulique villageoise ou d'une maternité qui portait le nom de la première dame du pays. Tout ce folklore était entretenu par des journalistes ridicules ou malhonnêtes qui lui posaient des questions complaisamment montées du genre: « Excellence, madame la première dame, j'ai une question de la plus haute importance à vous poser. Voudriez-vous dire au peuple qui s'impatiente de savoir, pourquoi vous êtes si généreuse envers les malades et les déshérités? »

Et on pouvait l'entendre répondre, sourire aux lèvres, détendue qu'elle était par le copinage qu'empestait la question: « Eh bien, si je suis généreuse, c'est parce que j'ai bon cœur ».

À cette réponse, le célèbre journaliste Junior Tolo qui sortit tout droit de l'université de journalisme de Lille pour servir la première dame, n'hésita pas de coincer le micro sous ses aisselles. Il libérait ainsi ses paumes afin d'applaudir aussi bruyamment qu'il pût. Alors, aux cameramen, preneurs de son et autres éclaireurs de plateau d'émission de l'imiter avec le zèle qui caractérise les lèche-bottes éhontés des temps nouveaux.

Personne n'aurait douté que tout ce beau monde eût reçu quelques billets de banque ou promesses de promotion pour ce honteux montage. Si toute cette galéjade de questions-réponses-applaudissement n'occupait pas la moitié du journal télévisé de vingt heures, elle passait en édition spéciale de deux heures. Le comble, c'est que la population, en son temps, avait fini par croire en la « générosité légendaire » que la radio et la télévision, caisses à résonance du couple présidentiel ne se lassaient de diffuser. Telle était en substance la composition des séances quotidiennes d'information que proposait la télévision nationale. Les grands bouleversements planétaires n'y étaient que des détails ne représentant aucun véritable intérêt. Quant aux évènements qui animaient la vie de l'opposition, ils étaient pratiquement proscrits de l'écran.

« C'est ce type d'attitudes qui a favorisé l'éclosion de foyers conflictuels chez nos voisins. Pourquoi sommes-nous si durs d'oreille? » S'indigna André, seul devant son poste téléviseur. Fou de rage, il changea de chaîne.

❁❁❁

– J'espère que tu as bien compris, Jacques. Ce jeune Mané risque à terme de nous nuire. J'ai même appris qu'il est candidat indépendant à Sangodia. C'est maintenant qu'il faut agir, articula lentement M. Antoine Bomo l'homme de main du président de sa voix grave.

Il plaça sa grosse main devant sa bouche lippue et se racla bruyamment la gorge pendant que son double menton remuait au rythme des entrées et sorties de nids de poule qui articulaient l'asphalte. Il avait l'air serein. Si ses yeux exorbitants et son nez incurvé avaient été couplés à un teint plus caucasien, M. Antoine Bomo passerait sans aucun doute pour le pape Alexandre VI. Leur ressemblance était prenante.

– C'est une dernière chance qui lui est offerte. Continua-t-il. S'il continue son activisme peut-être qu'il faudra s'en séparer...radicalement.

Comme le ministre Jacques Ogossa se tenait résolument coi, il ajouta:

– Tu sais, ça fait pas mal de temps que j'y pensais. Mais crois-moi, je l'avais sous-estimé. J'avais pensé qu'en s'égosillant, ce prétentieux pourrait nous servir. Je veux dire nous arranger en donnant l'illusion de la démocratie...mais je vois qu'il affaiblit la tête du parti...

Le ministre Jacques Ogossa sortit enfin de sa réserve.

– Monsieur, je vous ai compris. Nous allons l'évacuer. J'y avais déjà pensé, d'ailleurs. Mais croyez-moi, cela n'aura pas le résultat escompté. On ne peut pas faire taire ce petit. On ne peut pas non plus l'éliminer...

– Tu voudrais qu'on le laisse faire?

– Non, mais...

– Que proposes-tu donc? Rugit Antoine Bomo en serrant ces mâchoires.

– M. Bomo, il faut le piéger politiquement.

– Sois plus clair. Le piéger comment?

– Il faut lui confier un poste de responsabilité politique et créer les conditions d'un échec fracassant.

– Et...tu crois que ça va marcher?

– Tout à fait.

– Mais allons, Jacques...réfléchis donc un peu...n'est-ce pas ce que le président lui a proposé? Résoudre la crise estudiantine?

– Oui, mais le président souhaitait sincèrement qu'il nous débarrasse de cette épine. C'est du succès que le président prévoyait. Là, c'est différent. Nous souhaiterons qu'il échoue.

– Ce n'est pas différent, mon cher Jacques... Mané a refusé la mission du président. Il refusera la tienne...écoute, fais comme bon te semble. Mais je ne veux plus en entendre parler dans une semaine.

– D' accord monsieur Bomo.

❖❖❖

La nuit était presque tombée en ce quatrième jour de campagne. André Mané rentrait de Ganida une localité située à cent Kilomètres de Sangodia. Il méditait au volant de sa voiture. Une multitude de questions fourmillaient dans sa tête. En observant la verdure qui encadrait la route, les oiseaux qui la survolaient; en regardant la route elle-même, il se dit qu'elle faisait partie d'un des meilleurs réseaux du continent. André sentit une énergie neuve le galvaniser. Son pays était si beau et la vie pouvait y être si agréable. Les infrastructures dont ses années de fortune l'avaient doté ne méritaient absolument pas d'être détruites. Ses routes, ses ports, ses aéroports, ses usines, ses bâtiments et surtout ses hommes, femmes et enfants devaient continuer de vivre en harmonie.

Soudain, un crissement de pneus derrière son véhicule l'arracha de ses pensées. Un coup d'œil furtif dans le rétroviseur lui apprit qu'il était en danger.

Le fourgon qui le suivait depuis quelques kilomètres venait subitement d'accélérer et fonçait droit sur lui. André réagit à l'instant. Il écrasa l'accélérateur et sa voiture fit un bond, se lançant à une allure effrayante.

Derrière, le fourgon faisait mieux. Il gagnait du terrain. Trois mètres...deux mètres... un mètre. Il heurta violemment le pare-chocs d'André. Ce dernier partit en embardée et manqua de peu de s'abimer dans le ravin qui jouxtait la route. Le fourgon donnait déjà un nouvel assaut. En un éclair, André pensa à Yvonne, sa femme, à ses filles en bas âge et aux nombreux parents qui comptaient sur lui.

« Non, je ne dois pas mourir. Je ne dois pas quitter ma famille », criat-il, affolé.

Cramponné au volant, André pesta contre la vitesse limitée de son véhicule. Il se rappela avec dégoût le jour où il avait personnellement insisté auprès du technicien automobile pour qu'on la limitât. « Les pères de famille ne sont pas des coureurs de Formule 1», avait-il alors plaisanté.

Le fourgon tentait maintenant de se placer latéralement. «Il ne faut pas!», pensa André qui comprit illico que le fourgon l'enverrait ad patres s'il réussissait cette manœuvre. Il se mit alors à zigzaguer au rythme du fourgon en le suivant des yeux dans son rétroviseur et en se guidant par le reflet des marques blanches discontinues qui bordaient la route. A cent vingt kilomètres par heure, cette manière de conduire était déjà risquée. Mais dans le virage qui se trouvait à quelques secondes devant, elle serait simplement suicidaire. André se dit cependant que ce virage pouvait être une occasion de salut. Son cerveau tournait plus vite que son moteur. Son cœur battait à s'éjecter. Il transpirait. Enfin il décida de tout risquer. En abordant le tournant, André serra inopinément à droite et s'efforça de ne pas réduire sa vitesse. Son véhicule dérapait légèrement. Mais il tenait la route.

– Vas-y maintenant, Ali! À gauche!

Le bonhomme crasseux qui avait ainsi hurlé jubilait littéralement. Il venait d'apercevoir l'aubaine inespérée de se ranger sur le côté de la voiture qu'ils chassaient depuis une dizaine de minutes pour l'expédier dans le vide. La mort serait certaine.

– Le patron sera content! Ajouta-t-il.

Ali, serrant le volant à se rompre les phalanges, avait entrepris de doubler la berline qui les fuyait. Il savait la manœuvre d'autant plus dangereuse qu'ils étaient dans un virage très prononcé. Il avait conscience qu'à l'allure qui était la leur, la force d'inertie guettait la moindre occasion de les jeter à l'extérieur du virage. Mais il ne leur fallait pas laisser passer cette chance. Car après, ses zigzags lui permettraient d'atteindre la ville qui n'était plus loin. D'ailleurs la voiture avait tellement serré à droite que les risques d'une collision avec un véhicule venant en sens inverse étaient minimes.

Ali avait presque achevé sa manœuvre. Il était si excité qu'il se parlait à haute voix.

– Ouais Ali! Dans une seconde, tu pourras tuer ce chien! Donne-lui les phares.

Alors Ali alluma les antibrouillards du fourgon pour éblouir les rétroviseurs d'André et compliquer par là sa vue.

Une poussée d'adrénaline transfigura soudain son acolyte.

– Ali, attention!

La voiture poursuivie avait décidé de passer à l'action. Sans crier gare, elle s'était violemment déportée sur eux. Le choc fut assourdissant et décupla la force d'inertie qui les tirait déjà vers l'extérieur du virage. Ali, interdit, mit un instant avant de freiner. Un instant qui s'avéra crucial. Instinctivement, il braqua à droite. Initiative qui, combinée à son coup de frein, ne leur profita guère. Dans un vacarme épouvantable, le fourgon dérapa, se renversa sur le côté et glissa jusqu'au bord du gouffre et s'arrêta in extremis. Un épais nuage de fumé s'évadait du radiateur carbonisé. Les deux acolytes coincés dans le fourgon avaient grand 'peine à en sortir. Quant à André, il tremblait encore de peur. La relative légèreté de son véhicule et le bénéfice de l'effet de surprise lui avaient permis de ne pas connaître le sort qu'il venait d'infliger à ses poursuivants. « Il s'en fallut d'un poil », souffla-t-il. Il dut ralentir car l'état de son véhicule était désormais incompatible avec une vive allure. Il roula pendant deux kilomètres et crut entendre un bruit sourd provenant du moteur. Puisqu'il avait ralenti, il pouvait correctement tracer la trainée d'huile que le véhicule laissait sur l'asphalte. Soudain, son véhicule se mit à remonter une pente à un rythme saccadé, irrégulier. « Non! », fit André. Il éteignit le moteur et tenta de le rallumer à chaud. Le véhicule toussa presque et s'immobilisa. André jeta un coup d'œil dans le rétroviseur comme s'il craignait que ses poursuivants certainement encore coincés dans le fourgon, fussent pourtant toujours une menace. Il pesta contre sa voiture, tenta d'appeler Yvonne mais le réseau de l'opérateur mobile TELECONAR ne donnait curieusement aucun signal quoique Sangodia fusse à une vingtaine de minutes en voiture. Ayant retiré sa boîte à outils et une torche électrique, André posa son triangle fluorescent à quelques mètres de son véhicule et résolut de tenter son unique chance: le co-voiturage. Dix minutes plus tard, une voiture de sport roulant à vive allure miaula à ses oreilles et dupliqua sa peur inapaisée. Il était presque vingt heures. André commençait à s'inquiéter car il lui était impossible de faire le reste du parcours à pieds. Les frous-frous produits par les petits rongeurs, écureuils, rats palmistes et autres serpents dans la broussaille qui longeait la route lui causaient beaucoup d'anxiété. André agita sa torche lorsqu'il entendit le ronronnement du prochain moteur. Une dizaine de secondes plus tard, ce fut un camion de bétail probablement sorti d'usine avant Jésus-Christ qui pointa son capot bombé. Un camion haut et sombre comme ceux utilisés sur le chemin des goulags soviétiques. Les roues n'étaient ni alignées ni parallèles; de sorte qu'il semblait rouler au milieu des deux voies. Il entreprit de freiner et lâcha un bruit digne de la « fusée de Stephenson ». André se boucha les oreilles polluées. Apparemment le camion n'avait qu'un seul phare curieusement très haut perché. André soupira profondément quand il ralentit. On pouvait lire sur la hauteur du pare-brise, des caractères d'imprimerie marqués sans grande adresse calligraphique: BERLIET-1944. Ce camion ressemblait plutôt aux engins Russes GAZ-AA des années 1940. Sitôt qu'il s'en approcha, André réalisa que le phare haut perché n'était qu'une torche électrique que tenait le co-pilote. Tous les circuits électriques de ce camion devraient être coupés. L'homme à la torche baissa sa lampe qui gênait André. Ce dernier lança au chauffeur:

– Sangodia?

– Oui, montez chef.

– Mais vous conduisez sans phare? Dans l'obscurité? C'est dangereux! Remarqua André.

– Chef, vous montez ou vous parlez?

– Je monte. Bien sûr, je monte.

– Merci.

– Et ma voiture, pouvez-vous la remorquer?

– Ha patron, impossible. Le camion est trop fatigué.

– Mais je ne peux pas abandonner ma voiture ici! Bon combien?

– Avec voiture remorquée, donnez dix mille.

– Quoi? sursauta André. Dix mille francs pour vingt minutes de route? Puis le chauffeur ralluma le moteur du camion. C'était un argument de négociation.

– Ça va, ça va, je paie, dit André.

– Merci beaucoup patron, redit le conducteur cupide avant d'arrêter à nouveau le moteur du camion croulant.

Une fois sa voiture fixée audit camion, le cortège serpenta lentement vers Sangodia. Au volant de son véhicule tiré, André ne voyait rien d'autre que l'arrière gravement incliné du camion sur lequel il était marqué cette fois RENAULT. Il pouffa de rire malgré l'insupportable odeur d'un carburant diesel certainement fait maison qui avait envahi son véhicule. Cependant, il restait stupéfait devant l'ingéniosité et la débrouille de ses concitoyens en zone rurale. À l'analyse, il semblait que deux camions mis hors d'usage avaient prêté chacun une partie de leur carcasse pour recréer le BERLIER-RENAULT qui venait de lui sauver la vie. Pour cela, il était reconnaissant. Sous d'autres cieux moins nécessiteux ce camion n'était même plus qu'une épave. Il aurait été soit recyclé ou garé au musée depuis des lustres.

※※※

Lorsqu'une demi-heure plus tard, le petit convoi stationna devant la villa, Yvonne sa femme parut devenir folle. Elle abandonna la revue qu'elle lisait tranquillement sur la terrasse, et livide, courut rejoindre son conjoint. Elle était en larmes.

– André? André? Tu vas bien? Qu'est-ce qui t'est arrivé? Pourquoi... pourquoi la voiture est...

Elle fut secouée par de brusques sanglots.

– Ce n'est rien chérie, ce n'est rien...c'est fini.

Yvonne ne pouvait s'arrêter de pleurer. L'état de la voiture en disait long sur l'accident grave qui venait de se produire. André sortit de sa voiture et la fit délier du camion. Chose faite, il régla la note et conduisit Yvonne à l'intérieur de la villa. Au salon, lorsqu'il vit ses filles jouer innocemment à la poupée, il faillit fondre en larmes. « Ces pauvres fillettes allaient devenir orphelines », se murmura-t-il. Il était là. Planté au milieu du salon à les observer. Les deux sœurs le remarquèrent. L'aînée, Carine, lança joyeusement:

– Papa, papa est venu.

Et les deux fillettes s'élancèrent vers leur géniteur comme à l'accoutumée.

❁❁❁

Les bureaux de vote étaient ouverts depuis neuf heures. Mais l'affluence semblait timide. Les six écoles primaires et le lycée de Sangodia qui abritaient ce vote si crucial pour André Mané n'avaient pas encore été pris d'assaut comme espéré. Les amis du candidat Mané remarquèrent curieusement que le parti au pouvoir ne délégua aucun assesseur pour le représenter. Seul le parti Radical de Simplice Soloni avait envoyé des représentants.

André Mané qui se rendit au bureau de vote du lycée moderne en compagnie de sa petite famille pour accomplir son devoir, crut sentir le roussi. « On ne doit pas baisser la garde ». « Il faut être vigilant jusqu'à la proclamation des résultats ce soir » communiqua-t-il à ses assesseurs.

Quand il sortit dudit bureau, une petite foule en liesse se croyant encore en campagne chantait un air du terroir pour l'acclamer. Elle faillit créer l'émeute. André dut lever les bras pour les inviter au calme. L'Union Démocratique ne doit pas avoir de raison d'annuler ce scrutin, se dit-il. « Merci, merci beaucoup, maintenant votons dans le calme, la campagne est terminée. Merci pour votre soutien ».

André et sa famille purent bien vite se soustraire de la foule et gagner l'une des Nissan Patrol que son ami Moussa Fangabi, lui avait prêtées. Levant le poing gauche qui pendait de la vite arrière rabattue, il lança : « vive Sangodia, vive la démocratie »! Puis la voiture démarra. Chemin faisant, André appela Fangabi.

– Moussa, Souleymane Biloka et ses assesseurs sont introuvables. Ce n'est pas un bon signe, ça.

– J'étais tellement occupé. Je suis justement à la capitale. Tu n'as pas idée de ce qui se raconte ici.

– Quoi donc?

– Je crois qu'il est devenu fou simplement.

– Pardon?

– Je l'avais pris pour une rumeur mais s'il n'a pas voté pour lui-même... C'est de la vraie folie.

– Tu parles de quoi?

– Bah je parle de Biloka, Souleymane Biloka, ton adversaire aux particelles. Le candidat de l'Union Démocratique.

– Alors?

– Bah, il parait qu'à une semaine des élections il avait complètement perdu la boussole. Il est devenu fou. Je parie que c'est encore une histoire de marabout.

– Comment ça fou? Je l'ai vu pendant la campagne. C'est lui qui a dressé les villageois contre nous.

– Je sais. Tu me l'as dit. Juste après ces événements il n'a plus battu campagne. Sa maladie commençait sans aucun doute.

– Grand Dieu! Est-ce possible de devenir fou, si vite?

– Je ne saurais te le dire. Mais il parait qu'il rôde autour des poubelles de son quartier, ramasse de la nourriture avariée. Sa famille cherche à le faire interner au centre psychiatrique. On le dit méconnaissable. Incroyable qu'on puisse perdre la tête en un si bref temps !

André parut soudain saisi de pitié pour Souleymane Biloka qui pourtant avait dressé les Bando contre lui. Il avait même failli perdre la vie dans leur village à cause de Biloka. Il relaya cette rumeur à sa femme assise à ses côtés. Tous parurent consternés par une telle nouvelle.

❊❊❊

L'après-midi, sans surprise André Mané fut proclamé vainqueur des élections législatives de Sangodia. Il ne put alors se mesurer à un adversaire sérieux, à son opinion. Ce n'était pas du tout l'avis de Moussa Fangabi qui était fou de joie à l'annonce de la nouvelle de son élection. « Enfin une tribune pour te faire entendre », avait ajouté l'ami à qui il devait sans aucun doute une fière chandelle.

5. La campagne électorale (deuxième partie)

Non, nous ne sommes pas tous à vendre…
Nous incarnons cette nouvelle race
Qui veut faire de la politique autrement

Au Parlement de la République, André était le seul député indépendant d'une assemblée dominée par le Parti au pouvoir. Le jour de sa première séance plénière arriva. Il s'était vêtu très élégamment. Costume de ville noir anthracite, chemise blanche, cravate en soie assortie à une pochette. Des vêtements à l'image de la préparation qu'il s'était imposée pour la discussion du nouveau projet de loi de la réforme administrative.

C'était le ministre Jacques Ogossa, son ancien patron qui défendrait en personne son texte devant l'assemblée parlementaire. La nouvelle loi que le gouvernement désirait faire passer avait été l'objet d'un accueil médiocre dans les coulisses du Parlement. Elle constituait en fait un amendement aux statuts de la Fonction publique et envisageait d'octroyer au gouvernement la faculté de nommer directement des fonctionnaires de tous les corps et de toutes les catégories. « Un véritable court-circuit pour l'E.N.A.!» semblèrent s'exclamer les députés qui eurent droit à l'exclusivité de l'information.

Le principal argument du ministre, si l'on s'en referait aux documents préparatoires de la séance plénière, serait que l'État pourrait faire appel à des compétences techniques pointues et en disposer sans délais. Mais personne n'était dupe. Tous savaient que la main d'œuvre dont le gouvernent parlait était celle qui servirait dans quelques mois à consolider un pouvoir que les consultations électorales générales allaient jeter dans la tourmente.

– Alors, M. Mané! fit soudain une voix grave derrière le jeune député.

André se retourna et vit approcher, sourire sur les lèvres, le député Ernest Taki, le président du Parti Socialiste. L'ayant rejoint, celui-ci redit:

– Je suis heureux de vous voir ici. Comment allez-vous? L'attentat... vous avez des pistes?

André savait que faire de la politique équivalait à nager en eaux troubles. Sur le coup il ne trouvait aucune raison de se confier à l'inconnu qu'était son interlocuteur. Il décida de bluffer.

– Oui quelques pistes...mais il me les faut garder secrètes pour l'instant afin de ne pas nuire à mes amis qui enquêtent.

– Ah...je comprends...tenez, j'ai appris que vous avez conclu une sorte de pacte avec les frustrés de Sangodia. C'est vrai?

– Que nenni, rassura André, c'était juste des accords très limités. Question de tactique politique.

– Ah ah ah...je vois... Ricana Ernest Taki.

Ils continuèrent à échanger quand vint à passer le célèbre député Kassou Bali. L'illustre analphabète de la mouvance présidentielle. L'homme était riche, même très riche. Il n'eut aucune peine à s'acheter le bétail électoral bon marché qui monnaie si facilement son opinion au gré des contingences stomacales. Il avait compris qu'il n'était pas nécessaire de savoir lire et écrire pour être député de la Nation. Les intellectuels de la majorité lui avaient expliqué le simple mécanisme du vote des lois. En commission parlementaire, il devait se taire. Mais au stade du vote, il lui suffisait pour être certain de ne pas se tromper d'observer l'attitude de son voisin, l'opposant socialiste Ernest Taki. « Taki est contre nous », lui avait dit en secret le président de son groupe parlementaire. « S'il lève son bras, baisse le tien. Et s'il baisse le sien, lève le tien ». Il avait vite compris. Et dire qu'on faisait tant de mystères sur la fonction parlementaire dans ce pays.

Il était neuf heures. Les deux hommes et leurs pairs franchirent le seuil de la salle de séance et se séparèrent pour rejoindre leurs places respectives. André s'installa avec l'aide d'un huissier en face de la chaire présidentielle au centre de l'hémicycle.

Quelques minutes plus tard, le ministre Jacques Ogossa fit son entrée sous les applaudissements des députés du Parti au pouvoir. Il se dirigea vers sa chaire, située en contrebas devant celle du président du Parlement. Lorsque les applaudissements se turent, le ministre prit la parole.

« Mesdames...Messieurs... euh...M. le président...» Il était mort de trac. Tous les députés s'en aperçurent. Balbutiant au début, il parvint progressivement à parler à peu près correctement. Son discours fut long et ennuyeux. Quand il eut fini, le président du Parlement dit à l'assistance :

« ...Il nous faut étudier ensemble ce projet de loi, vous connaissez la procédure».

Presque aussitôt, Taki leva la main et interrogea le ministre.

– M. le ministre, quels sont les besoins si urgents de l'État en termes de main d'œuvre qualifiée pour qu'on veuille ainsi court-circuiter les méthodes habituelles de la République?

À la stupéfaction de l'assemblée, Jacques Ogossa répliqua vivement :

– La réponse à cette question se trouve dans les documents qui vous ont été remis au préalable. Ne perdons pas le temps.

En vérité, il n'en était rien. Le ministre savait que son ignorance lui interdisait d'avoir la prétention d'engager une quelconque discussion avec l'universitaire Taki. Et comme le Parti au pouvoir était majoritaire au Parlement, il avait la certitude que de toutes les façons son projet passerait. Scandalisé par une insolence aussi flagrante, André leva la main et prit la parole. L'ayant reconnu, le ministre le fixait les yeux hagards.

– M. le ministre, introduisit-il sereinement, nous tenons tous entre nos mains le document que vous nous avez fait communiquer, voulez-vous nous dire à quelle page se trouve la réponse à la question de M. Taki?

– Écoutez M. Mané, fit le ministre qui devenait plus nerveux, nous n'allons pas perdre le...

– La page! M. le ministre? Interrompit André.

Visiblement, le ministre Ogossa était aux abois. De son regard terrorisé, il scrutait la salle à la recherche d'un éventuel soutien. André le remarqua.

– M. le ministre, c'est vous qui perdez le temps. Si l'État a vraiment besoin de compétences techniques, il devrait commencer par se débarrasser de ministres ignorants et incompétents.

Cet affront eut l'effet d'une massue. Comme une bête blessée, le ministre hurla :

– Je suis compétent!

Ce fut hilarité générale. Le président du Parlement intervint.

– Silence, s'il vous plait!...M. Mané, je vous prie de bien vouloir poser votre question sans détours.

– Je l'ai déjà fait. D'ailleurs, il n'y a que cela que nous faisons. Nous attendons les réponses.

À nouveau, les regards se braquèrent sur Jacques Ogossa. Il réalisa qu'une fois de plus il s'était fait la risée des autres. Dans son entendement, cela ne revêtait aucun caractère de gravité. Ce ne serait pas la première fois. Ce qui l'incommodait le plus, c'était que ce jeune Mané en fût l'instigateur.

Ogossa laissa son cerveau tourner pendant quelques précieux instants, recherchant les propos adéquats à articuler. Enfin, il rassembla ce qu'il lui restait de dignité, releva la tête, se redressa de toute sa longueur — quelque chose comme un mètre cinquante — et bombant sa poitrine, lâcha :

– Mesdames et messieurs, en venant ici ce matin, j'étais certain de participer à un débat honorable. Et qu'est-ce que je constate? Une clique de parlementaires aigris contre le gouvernement dont l'effort inlassable pour assurer le bien-être des populations n'est plus à prouver...

Il était ivre de colère. Ainsi procède d'ailleurs la stratégie discursive des hommes de mauvaise foi. Si elle n'use pas de saupoudrage pour maquiller ou occulter le négatif, elle verse dans la colère ou la brutalité. Tant il est vrai que tout homme persécute s'il ne peut convertir. À son insu, il venait une fois encore de proférer une ânerie. Mais n'en ayant cure, il poursuivit plus enragé encore :

– Je suis un homme politique responsable, parfaitement conscient du poids des enjeux qui pèsent sur mes épaules...

Cette fois, ce fut le président du Parlement qui pouffa de rire le premier en dépit des efforts herculéens qu'il fit pour réprimer son explosion.

S'étant brusquement tu, le ministre tourna son regard lourd de reproches vers lui. Pour sortir le président du Parlement dans l'espèce de tourmente où il s'était laissé choir, un député de la majorité prit la parole sans y avoir été invité. Il tenta de faire l'esprit en rappelant les luttes héroïques de l'époque coloniale en y plaçant le rôle indéniable du Parti au pouvoir. Cet anachronisme fut jugé inacceptable et accueilli par des murmures de désapprobation. Certaines dates citées pour articuler son récit étaient incorrectes... Tous peinèrent à comprendre l'opportunité d'un tel discours d'arrière-garde. S'étant déjà abîmé dans cette défense impossible, il finit par dire en manquant la transition qui aurait peut-être éclairé le récit colonial et le thème défendu par le ministre.

— M. le ministre, après le brillant exposé que vous nous avez fait, toute question parait superflue et comme le disait encore à l'époque coloniale, le père de la nation…

Le ministre descendit de sa chaire et se dirigea vers la sortie sans laisser terminer le député qui ne démordit pourtant pas de sitôt.

— Cet incident est arrivé par la faute de parlementaires irresponsables et ingrats… notre parti a lutté pour l'indépendance de ce pays. Il s'est sacrifié…

— Mon cher ami, lâcha Taki à l'endroit du député qui plaidait, vous devriez économiser vos forces pour une fois prochaine. Il est parti votre ministre.

— Prouquoi? Hein? Prouquoi? Touzou, c'est comme ça. Merde alors, lança soudain le l'honorable député Kassou Bali, voisin immédiat de Taki.

Bien que n'ayant pas saisi grand-chose des précédents échanges, il savait à l'expression du départ prématuré du ministre que celui-ci avait été éconduit. Kassou se tenait debout et irrité, le poing droit serré. Il tendit le cou vers Taki qui venait de parler. Il parut vouloir porter une charge.

Taki s'était brusquement levé car il avait suspecte le geste du député qui n'arrêtait pas de saper la langue de Molière.

— Touzou c'est toi. Touzou, c'est pas normal ce que vous fait là! Il faut respecter ministre de la république d'abord. Zé pé pas d'accord…Non di tout! Ze pé pas di tou d'accord prou vous.

— Tiens…tiens, fit Taki moqueur, c'est joli ça. Aujourd'hui, les aveugles discutent de couleurs. Calmez-vous cher ami. Même le ministre Ogossa, votre patron s'en est sorti avec des coups. Et puis…quand le lion sort blessé d'une bataille, ce n'est pas un chien qu'on expédie en renfort…

Le rire qui gouverna l'assemblée fut inqualifiable. Même les députés de la mouvance présidentielle ne purent se retenir. Taki lui-même se plia en deux pour se marrer. Mais il n'aura pas le temps de se redresser. Kassou Bali entendit le mot « chien » qui manifestement devrait être la cause de cette récréation organisée à ses dépens. Alors, il porta la charge. Une baffe sonore. Le député Taki bascula par-dessus son siège et mordit la rude moquette. Le tumulte s'aggrava. Les huissiers accoururent. L'agresseur avait retroussé les manches de son boubou bleu brodé de fils d'or. Il avait les yeux rouges de colère. Mané qui avait remonté les rangées de sièges de l'hémicycle s'était accroupi auprès de Taki à la lèvre duquel pendait un filet de sang.

– Parlé encore, parlé si tou es gasson! Parlé solement, toi-même chien, chien batard!

Les huissiers et la foule de parlementaires s'étaient massés autour des deux hommes pour contenir l'éventuelle confrontation.

– Messieurs, vous devriez avoir honte, lança enfin le président de l'assemblée, indigné.

– Laissez tomber. Dépassez-vous, ce n'est qu'une brute ce Kassou, dit Mané en prenant Taki par l'épaule.

Dès le lendemain matin, Le célèbre quotidien pro-gouvernemental *fraternité info* titra: Débats parlementaires - le député Taki frappe un collègue et se blesse.

❀❀❀

– Ce n'est rien Jacques, ce sont des choses qui arrivent. Tu n'étais pas clans ta forme, c'est tout.

Comme un père, M. Antoine Bomo l'homme de main du président s'employait à réconforter Jacques Ogossa, son poulain. Ce dernier venait de lui conter avec amertume l'affront qu'il avait subi quelques minutes plus tôt par la faute d'André Mané. Il tremblait encore d'une colère difficilement contenue.

– J'aurai sa peau lâcha-t-il, glacial.

M. Bomo, qui l'observait, semblait amusé. Il se dit que cela devait arriver un jour. Il connaissait Ogossa. Il le savait trop inculte pour soutenir un débat de ce niveau.

– Jacques, un homme qui a échappé une fois à un assassinat est sur ses gardes. J'ai bien mieux.

Le ministre releva la tête et de son regard interrogateur, pria son interlocuteur de poursuivre.

M. Bomo s'était levé et marchait lentement, les mains dans le dos, dans la vaste pièce qui abritait leur conciliabule. Il souriait. Jacques Ogossa reconnut cet air de confiance absolue. Il sourit aussi, certain que la fin d'André Mané avait sonné.

– Sais-tu Jacques que chaque homme a son prix? demanda M. Bomo, énigmatique.

Jacques Ogossa n'avait pas très bien compris. Il préféra donc donner la réponse que la forme de la question suggérait le plus.

– Oui, bien entendu...bien sûr que je le sais, dit-il plein d'assurance.

– Alors va rencontrer André et propose lui une fortune pour fermer sa gueule avant qu'il ne se fasse des amis au parlement. Ça risque de devenir une bombe à retardement si tu ne le fais pas dès maintenant.

– Le ministre avait maintenant compris. Il parut déçu. « Ce n'est pas mieux ça », pensa-t-il. Il voulait quelque chose de plus bestial, de moins raffiné. M. Antoine Bomo le sentit. Il dit alors :

– D'accord...d'accord, tu ne veux pas t'en occuper, c'est ça?

Il réfléchit longuement en continuant de marcher dans la pièce. Si le ministre Ogossa, ne voulait pas se salir les mains dans une histoire de corruption, il fallait bien trouver quelqu'un d'autre pour le faire. Le ministre n'osa pas perturber sa cogitation. Finalement, M. Bomo lâcha :

– Dis à André de se rendre chez le président jeudi prochain à vingt heures. Crois-moi, ils sont tous à vendre ces jeunes affamés et agités. Je les connais comme ma poche. L'offre venant du président sera imparable.

⚙·⚙·⚙

Déjà informé par le ministre Ogossa de ce que le président désirait le voir, André avait peur. Il pensa à un autre piège, à un autre attentat. Mais il finit par se dire que si ces faucons apparemment dotés du don d'ubiquité du système voulaient le liquider, ce serait déjà fait. La tentative d'assassinat n'était certainement qu'un avertissement pour le forcer à regagner les rangs du Parti au pouvoir. Rasséréné par cet argument du reste léger et peu convaincant, il décida de se rendre à cette réunion avant que les sicaires ne fussent mis à sa trousse. Il prit la précaution d'informer son ami Moussa Fangabi qui n'y trouva aucun inconvénient. Moussa pensait que le politicien devenu fou, Souleymane Biloka était le véritable commanditaire de l'attentat. Les élections étant terminées, Biloka ayant perdu la raison, il n'y avait plus de menace tangible à ses yeux.

André trouva le président seul vautré dans son fauteuil Louis XIV préféré. Le ventre bedonnant de mets rigoureusement sélectionnés pour son sensible estomac et une flute de champagne entre ses doigts. Il respirait la grande forme. À ses côtés, un scintillant guéridon marbré surmonté d'une collection d'eau de vie de choix et un petit sceau en aluminium garni de glaçons craquants. Entre deux gorgées du *Laurent Perrier*, il tirait sur un épais cigare roulé à la main.

– Asseyez-vous, je vous en prie, fit le président.

André s'exécuta. Ayant poliment décliné le verre que le président lui proposa, il attendit que ce dernier lui fit part du motif du rendez-vous.

Le président préféra commencer par des généralités sans importance.

– Il pleut beaucoup ces deniers temps, n'est-ce pas M. Mané?

André en fut étonné. Il se dit que le président avait une proposition délicate à lui faire. Dans son entendement, seule cette hypothèse pouvait justifier qu'il tournât ainsi autour du pot.

– Oui en effet, répondit André.

Il voulut presser un peu plus le président mais la politesse l'en retint.

Le chef de l'État le considéra longuement en silence. André lui rappelait sa propre jeunesse. Jeune dynamique et intelligent comme lui-même. Entre deux autres gorgées successives il parut soudain quelque peu aviné et se lança dans la relation de l'histoire fantastique de sa vie pour tenter d'établir une certaine ressemblance avec celle d'André qu'il cherchait manifestement à appâter. Il bavarda longtemps. Sa langue se déliait à mesure qu'il lapait le vin raffiné. Il expliqua comment il devint docteur en économie politique à vingt-six ans. Il raconta sa brillante carrière universitaire et son passage à la banque mondiale comme conseiller spécial du président de cette institution. Il ne manqua pas son thème favori. Le projet pilot industriel. Il exposa avec force détail les articulations de son fameux projet dont les machines récemment acquises devraient en l'espace d'une décennie faire émerger le pays. Il conclut en plaidant qu'on lui laissât le temps de mettre en œuvre ses plans ambitieux. Quand il eut fini, il interrogea le député que le sommeil commençait déjà à vaincre.

– Vous voyez M. Mané. Nous comptons sur des gens comme vous, sur notre jeunesse. Alors, dites-nous directement et franchement quel département vous intéresse dans le cadre du projet que nous venons de vous détailler?

– Département? reprit André qui ne sut pas exactement si cette question faisait partie du récit palpitant de la vie du président ou si ce dernier la lui adressait. Mais il fut très rapidement fixé.

– Quel département ministériel vous intéresse?

– Aucun, M. le président. Du moins aucun dans votre gouvernement actuel, put répondre André avec une sérénité qui désarçonna le président.

Ce dernier se leva. Il avait l'air confus. Personne ne lui avait déjà refusé une telle offre. Il fit quelques pas dans la pièce puis revint vers le député. Il s'arrêta à environ deux mètres de ce dernier.

– Écoutez M. Mané, j'apprécie votre intégrité et votre courage. Je sens en vous un degré de probité qui malheureusement commence à faire défaut autour de moi. Faisons simple. J'ai besoin d'aide pour faire du nettoyage autour de moi. Tout cela pour le bien du pays, vous en convenez.

– M. le président je ne peux l'être dans l'état actuel de votre entourage, poursuivit André.

Le président faillit s'étourdir à cette deuxième réponse qu'il jugea particulièrement irrévérencieuse et inacceptable. Soudain il pointa la porte de sa main gauche tendue comme s'il exécutait un salut nazi et cria à l'adresse du député.

– Debout et dehors! Sortez! Quand les faucons viendront à votre trousse, Dieu vous protège! Pour qui vous prenez vous? Pour Jésus Christ? Pour le sauveur?

André se mit à trembler brusquement en articulant.

– Je suis navré M. Le prési…

– Je ne veux plus rien entendre! Sortez immédiatement, dis-je!

André se leva et prit la porte en toute hâte. Les majordomes qu'il dépassait dans le hall n'avaient pas idée de ce qui se tramait. André courait presque. Il pensa à l'allusion que le président avait faite aux « faucons à ses trousses ». Il repensa à l'attentat durant la campagne électorale. Ayant gagné sa voiture dans le parking il démarra en toute trombe.

– Non, nous ne sommes pas tous à vendre…fit Moussa Fangabi à qui André venait de narrer l'incident de la présidence. Ce pouvoir va bientôt mordre la poussière. On le sent tous. D'où son acharnement à vouloir tout acheter. Tu as bien fait de ne pas t'y compromettre. Il tombera bientôt. Nous incarnons cette nouvelle race qui veut faire de la politique autrement. Soutien André… soutien total. La lutte ne fait que commencer…Tiens bon.

6. La radio

Il ne sait rien, et il pense qu'il sait tout,
voilà clairement quelqu'un
qui devrait se lancer dans la politique
– GEORGE BERNARD SHAW

Au *Journal des auditeurs* animé par l'universitaire René Thomas, on parle de la précarité de la conjoncture économique et sociale. On observe que la flagrante transgression du contrat social rend vraiment compte de la dilution des repères normatifs, laquelle nuit à terme au développement social. On pose également que la gestion besogneuse des raretés a fatalement succédé aux utopies clinquantes d'une économie casino. On relève que la faiblesse du taux d'épargne des ménages, en raison de la baisse généralisée du pouvoir d'achat, l'extrême timidité des sources internationales de financement, la faible capitalisation boursière et la mauvaise gouvernance des politiques peuvent restituer ses causes à la sévère conjoncture économique qui frappe de plein fouet le pays.

L'animateur du jour, René Thomas et ses universitaires d'invités ayant ainsi planté le décor du *Journal des auditeurs*, qu'un aimable maçon, lâchant sa truelle et son fil à plomb, en cette mi-journée, fonce dans la cabine de téléphone mitoyenne à son chantier. Il prend la parole, l'ôtant à ceux qui avaient réellement quelque chose à dire sur ces sujets délicats. Il en a le droit car c'est, dit-on, la Démocratie, la liberté d'expression. Il a les moyens de se payer une conversation téléphonique, alors il peut appeler la radio publique nationale et participer au très sérieux *Journal des auditeurs*.

– Allô?! C'est la radio? s'assure-t-il.

– Bienvenu cher monsieur; dit cordialement René Thomas, le spécialiste des questions économiques et politiques sur la chaîne nationale.

– Allô?!

– On vous écoute monsieur. Quelles sont à votre avis les formules politico-économiques structurelles idoines dans l'exercice quinquennal à venir, susceptibles d'insuffler une nouvelle dynamique à l'économie du pays, si bien entendu on tient compte des paramètres actuels qui du reste, demeurent largement tributaires du diktat de Bretton Woods?

– Je veux participer à l'émission; piétine le maçon

– Vous y êtes déjà... il semble que la ligne n'est pas très bonne. Vous m'entendez monsieur?

– Oui.

– Ha tant mieux; quelles sont vos formules économiques?

– Je veux *dédicacer la nouvelle* morceau de Kofi Olomidé[1], que tu as joué l'autre jour-là; ou bien si tu n'as pas ça, il faut mettre Pépé Kalé[22]. Je veux *dédicacer* ça à ma chérie Sylvie Kouamé; elle dort à la maison chez moi... et puis à mon ami Sékou qui est à Da...

René Thomas ne l'autorisa pas à prononcer le nom de la localité où habite Sékou.

– Allô? Cher monsieur, je crois que vous avez quelque peu anticipé sur nos programmes; la détente musicale que propose ma collègue Miss Touré, c'est pour 11 heures. O.K.? Merci de rester à l'écoute.

– Allô? Renchérit le maçon.

René Thomas était déjà revenu à ses invités qui discouraient sur les théories académiques les plus autorisées. Entre-temps notre maçon frustré par cette interruption qui ne lui permit pas de saluer son ami à Dakola lui en voulut très certainement.

Un autre homme, César Akon, arrogant comme un moustique assoiffé, cousin et complice de ces gueules dites muselées d'avant le multipartisme, se disant animateur de radio grâce au copinage du système, se tenait chaque jeudi soir à minuit, sur la radio nationale, et aboyait sans répit : « Vous êtes sur la bande des élus, tel a un problème qui trouve la solution par la sagacité de nos aimables auditeurs... »

À peine enchaîne-t-il ses phrases monotones qu'un impatient auditeur, que torturait un standard incapable d'initiative lançait:

---

1. Artiste chanteur congolais.

2. Artiste musicien danseur chanteur congolais

– Allô? C'est Kèlètiki, Daouda Kèlètiki, je voudrais participer au jeu, pardon à l'émission...

– Vous faites bien de rectifier car ceci n'est pas un jeu. Que pensez-vous de la situation de cocu de M. Teddy? Doit-il répudier sa femme pour cause d'adultère?

– Tu sais mon petit; dit alors l'auditeur. J'ai 87 ans. Je n'ai pas fait l'école des Blancs, mais l'école de la vie. J'ai treize enfants, le plus jeune est professeur de lycée. Le troisième est mort à la guerre civile du Libéria... Le fainéant! Il n'a pas été le brave que j'ai toute ma vie été. Moi, fils de son père... Quand j'étais à la guerre d'Algérie. Oh là là, la guerre d'Algérie... Qui peut me croire aujourd'hui? Sans moi l'Algérie; aurait massacré les Français lors de la guerre de libération de 1975[3]. C'est là que j'ai connu Ramchad, une femme, une belle Algérienne... Ha! Ha! Ha! Ramchad! Elle voulait de moi un enfant celle-là. Elle n'avait pas tort; car en son temps, ne sortait pas avec Kèlètiki qui voulait... Ouais... Le grand Kèlètiki... Mais à l'époque…

– Mille excuses monsieur Kèlètiki. Mais recentrons, je vous prie, le thème. Alors, monsieur Youssouf Teddy l'invité peut-il répudier sa femme pour...

– Alors à la guerre d'Algérie, non satisfait d'avoir...

– S'il vous plaît, je serai obligé de raccrocher.

– Mais pourquoi? Je paie la redevance radio-télé; je dois dire ce que je pense. N'en déplaise aux arrogants et parvenus de votre sorte. Et puis nous sommes en démocratie. J'ai alors le plein droit de parler sur une radio publique, bon sang!

– Là, vous allez un peu trop loin monsieur Kèlètiki.

– Allô? Allô? Le fils d'animal! Il a vraiment raccroché. Au moment où j'étais sur le point de l'éclairer, ce jeune homme; fit alors plein de regrets l'auditeur que plus de quarante ans de pensée unique ont muselé.

– C'est leur propre affaire...qu'en ai-je à souffrir? Conclut l'auditeur avant de raccrocher à son tour.

Le principe de l'émission était simple. Des personnes qu'envahissaient des déboires, prenant le soin d'arranger un rendez-vous avec l'animateur de la célèbre émission dite *La solution* débarquaient sur le plateau, espérant ainsi se

---

3. La guerre d'Algérie a pris fin depuis 1962

faire assister par les nombreux auditeurs insomniaques qui servaient auxdits invités leurs solutions. Parfois il pouvait s'agir d'un invité qui proposait sa propre solution. Cela donnait quelquefois l'occasion à certains auditeurs de déverser sur les invités leur mauvaise humeur du jour.

César Akon l'animateur, paraît-il, avait réussi par le canal de son émission à remarier des couples divorcés. Il aurait même réussi à faire désenvoûter un captif d'une horde de sorciers grâce à un invité, sorcier lui-même, qui proposa sa propre solution. Avec le temps l'émission connaissait de plus en plus d'engouement. Le standard n'arrêtait pas de sonner surtout quand le sujet principal tournait autour du thème dont les auditeurs raffolaient le plus: le sexe.

Le jeudi 10 mai, César Akon ou monsieur *La solution* avait invité ceux qui, malgré la démocratie, la liberté d'expression, le droit à la vie, le droit d'aller et de venir etc., n'avaient pas encore pu bénéficier de la tolérance des grandes masses démocratiques du pays: les homosexuels. Il en invita trois, ce jour-là.

L'animateur se disait que le caractère extraordinaire de ses invités susciterait l'adhésion massive ou à la limite la curiosité des auditeurs comme ils en avaient l'habitude.

Les trois homosexuels membres d'une association jusque-là informelle voulaient, de la haute tribune de *La solution*, créer la première association LGBT du pays. Ils voulaient donc que devant l'intolérance agressive des démocrates, quelques auditeurs qui partageaient leur cause leur donnent des idées susceptibles de les aider à formaliser leur groupement. À terme ils espéraient avoir le droit de se marier comme le font les couples hétérosexuels.

– Mesdames et messieurs bonsoir. Fidèles auditeurs de *La solution*, merci de nous recevoir chez vous. Nous avons sur notre plateau ce soir trois invités, qui vont se présenter... On y va... On commence par ma gauche... Vous êtes?

– Je suis Aïcha, fait alors l'invité assis à la gauche de l'animateur, en mimant à la perfection voix et gestes à l'appui des femmes sophistiquées de notre temps.

– Moi je suis Gertrude et je voudrais me marier à un Européen; fait le suivant.

– Et vous? S'empresse l'animateur.

– Mon nom, c'est Rose. Je voudrais adopter une fillette de six ans, merci.

– Merci à tous... Au fait que dois-je dire? Tous ou toutes?

– Toutes! lança quelque peu irrité Gertrude qui, à ce que paraissait son air, avait une forte ascendance sur les deux autres gays.

– Alors donc merci à toutes d'être là ce soir solliciter l'aide de nos aimables auditeurs qui, je n'en doute pas, se feront un plaisir de vous aider... Chers auditeurs vous êtes sur la nationale, la bande des élus. Tel a un problème, le voici qui trouve solution par la sagacité de nos...

– Allô?

– Allô! C'est *La solution* que j'appelle? lance un auditeur impatient.

– Oui, à qui ai-je l'honneur?

– C'est M. Douflé, Alphonse Douflé. Professeur de lettres au lycée Claude Bernard.

– Écoutez monsieur... monsieur...

– Akon! Termina l'animateur.

– Bien M. Akon, je sais que tout le monde n'est pas assez intelligent pour concevoir et animer une émission, si c'est votre cas, soyez aimable de ne nous proposer que de la musique. On ne s'en fâchera pas. Parce qu'on en a ras le cul de vos âneries de pédé, de vos histoires insipides à la con!... Surtout que nous payons la redevance radio et...

– Au revoir M. Douflé. C'est très adulte de votre part; coupa l'animateur en interrompant la liaison avec cet auditeur qui, comme le témoigne son introduction, risquait de provoquer son ire.

– Nous avons un autre auditeur au bout du fil. C'est monsieur?

– Non, c'est Madame; dit une voix fort maternelle.

– Et c'est Madame?

– Madame Kassé.

– On vous écoute madame Kassé.

– Je voudrais d'abord savoir si vos invités croient en Dieu.

– Bien. Ne quittez pas madame. Alors Madame Kassé voudrait savoir...

– On a compris, dit Gertrude en dégageant les mèches de sa perruque qui lui envahissaient le visage. Moi, je suis chrétienne catholique et je vais à l'église tous les dimanches.

– Moi, je suis baptisée, ajoute Rose.

– Pour ma part, je suis musulmane, conclut Aïcha.

– Bien. Madame Kassé?!

– Oui.

– On peut continuer?

– Bien sûr; je m'enquière de ce détail parce que je crois que les enfants ont besoin de Dieu...

– Et c'est Dieu qui leur permettra de créer la première association LGBT du pays. Merci Madame, on a compris votre point.

– Non ce n'est pas ce que je dis...Allô? Allô? Je... Hurle désespérément dame Kassé au bout du fil interrompu.

– Oui allô? Je suis le pasteur Djédjé. Je pense que les pédés sont malades, fait l'auditeur suivant.

– Et de quelle maladie souffrent-ils?

– Ils souffrent de Satan, dit sereinement le pasteur Djédjé.

– Toutes mes excuses pasteur, jusque-là je ne savais pas que Satan était une maladie, relança à son tour l'animateur.

– Non, comprenons-nous, je veux dire qu'ils sont possédés par Satan. Satan les tient liés. La bible dit dans 1 Corinthien chapitre...

– Écoutez pasteur, que proposez-vous?

– Je leur propose une séance de délivrance.

– Bien et la séance achevée, ils pourront se marier... Merci d'avoir participé à l'émission. 15-20-15. C'est notre numéro de téléphone. Vous pouvez nous joindre si vous avez une solution. Allô? Un auditeur?

– Oui allô?

– Veuillez-vous présenter, et donnez votre solution, s'il vous plaît.

– Je n'ai pas besoin de me présenter, tu me connais déjà; lança une voix vaguement familière.

– Allez y donc.

– Voilà, je vais te dire quelque chose. La dernière fois, je n'ai pas pu finir et tu m'as raccroché au nez. Ça ne m'a pas plu. Je tenais à te le dire d'abord. Deuxièmement les auditeurs par ces temps de démocratie ont droit à la parole. Ils doivent dire ce qu'ils pensent. Surtout quand ils ont mon âge. Ils ont droit au respect et à la parole, et j'insiste sur le droit à la parole. C'est clair?

– Milles excuses cher monsieur. Alors, votre point de vue sur l'évolution du mouvement LGBT s'il vous plait. C'est notre sujet du jour.

L'auditeur, ravi qu'on l'ait ainsi traité, se racla malhabilement la gorge sans s'excuser. Déjà satisfait de cette première victoire, il revint vite à ses moutons.

– Alors, si tu m'avais bien suivi, je disais qu'à la guerre d'Algérie, après avoir participé pardon pacifié le pays, je suis revenu au pays avec Ramchad… Si tu arrives chez moi au quartier Abobo-Avocatier où je suis bien connu, en empruntant le bus numéro 61, tu apercevras une *Chevrolet* au bout de la rue 102 A. Cette *Chevrolet*, je l'ai ramenée d'Algérie; après la guerre. Je parie qu'elle peut encore rouler si je change le moteur et si j'y mets un peu de carburant. Chose malheureusement trop chère aujourd'hui. Et dire que le litre de carburant en 1960 ne valait que trois de nos malheureux francs C.F.A. actuels… Donc elle peut encore rouler, si ce n'était cela. Mais au fond Ramchad…

– Monsieur Kèlètiki, Je vous en prie, revenons à notre sujet. Tenta de redresser l'animateur en embuscade. Le mouvement LGBT!

– Attention! Tu ne vas pas recommencer, mon petit. J'ai 87 ans et j'ai 13 enfants…

– C'est d'ailleurs ce qui me surprend le plus, à ce grand âge! fit subtilement l'autre.

– Mais ça c'est grave! En plus, tu ne me crois pas? Tu es surpris… Surpris par quoi? Mon âge? En plus tu oses me traiter de menteur? Tu as à peine l'âge de mon douzième enfant. Tu comprends ça? Et fourre toi ça dans la caboche que tu n'es pas d'égal à discuter avec moi. J'ai travaillé pour la France, pour mon pays, J'ai même fait la guerre d'Indochine… J'ai cinq médailles, je suis officier dans l'ordre du mérite militaire…

L'animateur amusé par un récit largement digressif -et qu'il connaissait déjà par cœur- n'articulait plus rien. Il était certain que son fidèle auditeur, monsieur Kèlètiki, en déblatérant de la sorte, finirait par s'étouffer par tant de harangue. Mais c'était méconnaître l'homme Kèlètiki. Plus il parle, plus il s'inspire.

– Et quand plus, tard je suis revenu d'Algérie, poursuivit-il inlassablement… Quand donc je suis revenu d'Algérie où travaille mon premier fils, intellectuel celui-là, comme d'ailleurs son père que je suis… Donc quand je suis revenu d'Algérie, j'ai créé le syndicat des anciens combattants… Ce syndicat m'a demandé de…

« Bip... Bip... Bip... » Anticipe le téléphone de la radio nationale raccroché.

– Allô? Allô? Le salaud! Il m'a encore raccroché au nez. Ils ne savent rien ces enfants d'aujourd'hui; les sages veulent leur donner des conseils et voilà, ils s'y refusent. Mais je l'aurai ce fils d'ordure.

Ainsi se plaignait le sage Kèlètiki, le médaillé de la deuxième guerre mondiale, de la guerre d'Indochine et de sa guerre d'Algérie de 1975. L'homme Kèlètiki était très célèbre dans les environs de la rue 102 Au quartier Abobo-Avocatier où il habitait. Qui ne connaissait pas, à Abobo tout court, l'adversaire impénitent du pouvoir, le démocrate expérimenté, le vieillard le plus cultivé de sa génération, l'intellectuel de gauche, l'homme qui connaissait la génération d'hier celle d'aujourd'hui et forcément celle de demain? De jour comme de nuit, au lit ou à table, en boubou sur le chemin de la mosquée ou simplement vêtu d'un tee-shirt, ses médailles de guerre ne le quittaient jamais. Elles pendaient fièrement sur sa poitrine. Un voisin bâtait-il sa femme que Kèlètiki, le démocrate et le justicier, se levant de son fauteuil-lit posé sur sa véranda, empoignait l'un des derniers modèles de fusil qu'il aurait ramené d'Algérie. Le démocrate faisait irruption chez le voisin, et aux querelles de se taire, à la foule de curieux de se disperser. Les tisserins troublaient-ils sa sieste que le coup de feu de Kèlètiki partait dans le feuillage de son manguier; dispersant les cadavres d'oiseaux et leurs mille plumes sur le sol. Et gare au voisin qui viendrait se plaindre du coup de feu de Kèlètiki!

Il avait vraiment raison quand il assurait César Akon qu'il était connu dans son quartier.

Sur cette même chaîne de radio, la chaîne des démocrates, l'animation de l'espace littéraire: poésie, nouvelles, roman était quant à elle l'affaire de Mireille Ahou. Une vraie passionnée des lettres. Elle partageait son temps entre le lycée où elle enseignait et la radio. Sa tribune, il est vrai, était de celles qui ennuyaient le plus les auditeurs. Car pour saisir l'influence du Parnasse sur la poésie baudelairienne et l'innovation qualitative qu'elle a apportée aux lettres modernes par exemple, il faut savoir trop de choses. Surtout pour des auditeurs habitués aux choses de *La solution, baiser d'un soir, détente musicale* et autres *choses de la nuit*, où point n'est besoin de réfléchir, où il suffit de parler, simplement parler, de rigoler si on le veut, de bâiller, de roter à l'antenne sans s'excuser au nom de la démocratie etc.

Mireille Ahou, l'animatrice, avait fini par comprendre cela. Ainsi au lieu de n'ouvrir l'antenne que pour une poignée d'initiés à la versification, elle préféra désormais permettre aux démocrates, ceux qui disent ce qu'ils pensent, de proposer leurs propres textes à l'antenne. Alors jamais fécondité littéraire n'aura été aussi grande, jamais poètes démocrates et prolixes n'auront aussi utilement occupé l'antenne. En témoignent ces fructueux échanges entre Mireille Ahou et monsieur Koné de Niakarasso.

– Bonsoir madame.

– Bonsoir monsieur.

– Je voudrais *lire* mon poème.

– Je vous en prie; *dites*-le plutôt.

– D'accord, je vais le lire vite.

– Dites-le donc.

– C'est ça... Alors... voyons voir... Ça y est. Et le titre, c'est; Fatou *ma femme chérie*.

– Ah, oui? Fit Mireille Ahou.

– Ouais, confirma le poète-démocrate.

– Fatou ma femme chérie,
     Depuis le samedi huit septembre
     Que tu as quitté la maison pour te rendre
     Au village assister aux funérailles
     De ta grand-mère maternelle,
     Je suis resté seul au quartier, à la maison
     Dans la chambre
     Dans mes rêves, avec les enfants

     Ah! Fatou ma femme chérie
     Si tu ne viens pas me rejoindre d'ici peu,
     Vraiment je risque de ne pas bien me porter

     Ah! Fatou quand tu n'es pas là
     Le soleil brille mal.
     Quand tu n'es pas là
     La nuit n'est pas claire

Belle nuit
Beau soleil
Belle Fatou
Bon foutou
Belle femme
Belle dame

Oh! Fatou ma femme chérie
Ah! Fatou ma combine, pardon
Ma complice
Je t'attends,
Je t'adore
Je t'aime
Je t'aimerai

Je t'aime aujourd'hui
Moins qu'hier
Et plus que demain
Non,
Je t'aime aujourd'hui
Plus qu'hier
Et moins que demain.

Oh Fatou,
Ah Fatou.

– Monsieur Koné? Fit l'animatrice pour s'assurer que le poème fort lyrique était entièrement dit.

– Ouais.

– Monsieur Koné, était-ce une lettre ou un poème?

– Un poème, confirma le poète-démocrate.

– Monsieur Koné, bonne nuit.

– Allô? Allô? Merde! Je voulais lui expliquer mon poème.

– Allô? Fait une autre voix, celle-là est connue.

– Oui allô?

– C'est monsieur Kèlètiki.

– Ah! Le doyen Kèlètiki; et que nous propose le doyen ce soir?

– Eh bien, figurez-vous, je voudrais parler *des origines modernes* de la poésie.

– Ah, vous voulez plutôt dire *les origines de la poésie moderne*?

– Non! Asséna Kèlètiki, les origines modernes de la poésie, dis-je. Et non les origines de la poésie moderne. Je sais de quoi je parle. Car tout ce qui existe a certainement une origine. Tout ce qui est moderne a une origine ancienne. Mais tout ce qui est ancien est sage et net. Or l'origine est ancienne et l'ancienneté originale. Vous voyez la différence sur ce coup est très claire...

– Claire? Heu...bon...pas vraiment très clair tout ça... mais au fond quelle importance?

– – In-cro-ya-ble! Rugit soudain Kèlètiki à cette esquisse pourtant anodine, ce que je dis n'est pas important, tu dis?

– Non, c'est un malentendu je disais...

– La ferme!! Qu'est-ce que cela signifie? Je me demande comment on vous recrute dans cette putain de radio nationale.

– Non mais là vous allez un peu loin, monsieur.

– Tais-toi, je dis! Et écoute-moi bien. Je n'aime pas du tout ta façon de me parler. Je suis vieux et si ce que je dis n'est pas important, tu devrais avoir du respect pour ton père que je suis. Tu comprends?

– Monsieur Kèlètiki s'il vous plaît...

– Quand on a fait la guerre mondiale, la guerre d'Algérie, la guerre d'Indochine et quand on a 87 ans, 13 enfants dont un mort, on doit être respecté, tu comprends? Ce n'est pas important... Ce n'est pas... Tu te rends compte de ce que tu dis?

– Bon monsieur Kèlètiki, toutes mes excuses. Revenons, je vous en prie, aux origines *modernes de la poésie*.

– Quelle poésie? Tu crois que la poésie est mieux que l'armée de terre? C'est ce que tu crois? Réponds!

– Bien de choses à la famille monsieur Kèlètiki.

– Allô? Allô? Ah là, c'est exagéré, c'est le comble! Je dois faire quelque chose contre cette mauvaise éducation, parce que cette fois ils sont allés trop loin... Non trop c'est trop, on ne peut pas arrêter la marche de la démocratie de cette façon, je dois faire quelque chose.

Ah! Les vauriens, et dire que n'eut été la mauvaise éducation de l'animatrice, il aurait sans aucun doute déballé un essai poétique dont même Baudelaire n'aurait soupçonné ni la teneur ni la portée. « Pauvres cons! Il faut faire quelque chose pour aider ces jeunes gens, il faut immédiatement faire quelque chose. Il ne faut pas attendre ».

7. Le « voteur » de « Washington »

Quittez le chemin qui serpente, de jour comme de nuit, à travers les interminables couloirs de « Washington », le plus grand bidonville de la capitale. Vues de loin, ces myriades d'abris de tôles rouillées ressemblaient à des boîtes de conserve que pourrait un jour souffler la mer toute proche. « Washington » est pourtant bien là suspendu; se riant stoïquement de cette mer qui ne cesse de lui creuser les fondations.

Allez loin du pas inaudible mais malveillant de l'esprit malin qui s'y traîne les dangereuses nuits venues, proposer son sexe pollué à louer, son alcool qui vieillit prématurément et son herbe vicieuse qui aveugle et étrangle les inconditionnels; ceux qui manquent de matériaux culturels symboliques fondamentaux qui permettent de créer une identité: les drogués.

Souvent on pouvait entendre dans le lointain un lâche écho; le dernier soupir d'une jeune femme nubile à souhait, complice de son propre viol, crier faiblement. C'est là aussi que ceux qui étaient assiégés par les passions mineures et qui vivaient dans l'esclavage servile des sens venaient tenter de rassasier leurs gonades enflammées de désir et gonflées de baves. Ils viennent là, tendre un modeste billet de cinq cents francs C.F.A. à une fille au ventre mou et dont la matrice est autant généreuse que corrompue, pour la posséder. C'est là que les visiteurs des filles à usage collectif se roulent sans le cérémonial, dans ces draps noircis et puants comme s'ils avaient été visités par des manœuvres agricoles ou des mineurs sitôt éjectés de leur mine.

C'est encore là qu'on peut quelquefois entendre la détonation du revolver d'un policier zélé à l'excès, arracher la vie à un noctambule suspect de « Washington ».

Fuyez aussi les senteurs féroces des caniveaux improvisés et bourrés de matières fécales des bidonvilles. Graves enceintes où des asticots insatiables creusent leur pitance sous la bienveillance et le vrombissement crasseux de grosses mouches noires et vertes, humides et insomniaques attirées par la senteur enivrante de ces odeurs putrides. Pouah!

Là-bas, la misère a abruti les gens. Un bébé joliment moulé dans un vase de nuit, se soulage, vide bruyamment, tel un pétard ivre d'étincelles, sa panse malodorante assiégée par d'intraitables amibes. C'en est bien le salaire quand on s'empiffre de mets avariés, bons pour la poubelle. Une tendre mère, dînant avec appétit devant la scène, jette un regard plein d'amour à ce gosse à l'avenir incertain.

Là-bas, les tôles rangées en forme d'enclos, en pleine concession, servent de toilettes. Quelques gamins mal appris y ont laissé de petits trous pour faire plus tard le voyeur quand une femelle viendra se nettoyer pour le bonheur de son vagabond d'homme. L'intimité du voisin, ça n'a pas de valeur.

Là-bas, les chiens, les moutons et les cabris dorment à même le sol avec leurs propriétaires. La promiscuité faisant, toutes les fillettes de douze ans y ont perdu leur virginité.

Là-bas tout le monde vole pour survivre.

Là-bas on vend son sexe à un passant pour un kilo de riz ou de viande. Quelle misère! Ces bidonvilles, c'est probablement là qu'habite Satan!

Ces cités de tôles, de bidons et de planches récupérés ne cessent pourtant d'étendre les tentacules de l'impitoyable capitale. Celle-ci a fini par ressembler à une gigantesque pyramide à la base de laquelle fourmille cette ferraille. D'où son extrême fragilité!

Là-bas, le genre humain, à force de vivre des déboires, est reparti à l'époque de l'homo-habilis. Ils sont parvenus à croire les pauvres, que dans l'enfer de ces cités de tôle, le gîte, s'il ne constitue certes pas une fin en soi, n'est pas moins l'essentiel de leur existence pitoyable. « Je loge donc je suis », voilà le mot qui rend compte de leur triste sort. « Il faut d'abord chercher à dormir, la pitance, ça vient après ».

C'est aussi là que vivent Jules Kwao et sa petite famille. Quinquagénaire, piroguier et pêcheur artisanal, chef de la coopérative de pêcheurs de « Washington » comme le fut son père, il a trois fils âgés de six, douze et dix-sept ans. Il est grand, maigre avec le visage sec et tiré. Ses petites oreilles de souris contrastées avec ses pommettes et sa pomme d'Adam saillies le font vaguement ressembler à un antique guerrier Sonrhaï. Comme il est grand et efflanqué, ses longs membres semblent se détacher de son corps quand il marche. Ses paumes d'éventail, du fait des coups de pagaies interminables qu'il donne au quotidien, sont rugueuses, veineuses et noires. Kwao est également délégué analphabète de l'Union Démocratique à « Washington » où il est chargé d'ameuter les populations du bidonville lors des visites quinquennales du député communal.

Kwao sait que le futur de sa progéniture ne se trouve pas dans le bidonville pourri de « Washington ». Cette cité de tôles rouillées sans toilettes modernes ni clôture? Ce bidonville aux interminables cours communes? Le bidonville qui abrite le plus grand nombre de chiens galeux abandonnés? Là où logent les criminels et les putes? Ce bidonville de la grande misère, non! Ce n'est pas là que se trouve leur avenir. Mais là-bas! Dix kilomètres plus loin, à Cocoville! Le quartier chic aux superbes demeures où vivent les ambassadeurs, les ministres, les cadres cossus et les députés. Ces députés qui ne visitent les bidonvilles qu'aux périodes électorales pour tenter de profiter de la naïveté « du bétail électoral ». Enfin ce quartier où habite Claude Samba, le député de Port-Bouët, commune qui comprend le gigantesque bidonville de «Washington ».

Kwao sait tout cela. C'est pourquoi il a décidé ce jour de saisir la chance qui, sans doute, l'enverrait un jour vivre à Cocoville avec les siens. Le délégué politique illettré de l'Union Démocratique à « Washington » a fait un calcul très simple. Il rappellera au député Claude Samba la promesse que le politicien lui avait faite au sujet de son fils qui fut il y a deux ans major des promotions secondes scientifiques du Lycée Moderne Lavoisier. Lors de la remise des prix d'excellence aux élèves de la commune, le député promit une bourse d'études à son fils aîné si ce dernier réussît à l'examen du baccalauréat scientifique avec la mention « très bien ». Kwao se disait que son fils occuperait forcément un poste de cadre supérieur dans une grande institution financière une fois revenu de Paris bardé de diplômes. Il vivrait certainement à Cocoville. Alors lui, Kwao sortirait enfin de « l'enfer de Washington ».

Aujourd'hui c'est le jour de vote pour les élections législatives. Le député Claude Samba a promis cinq kilogrammes de riz et autant de viande en plus d'une cuisinière à gaz butane, un briquet électrique et des tee-shirts et casquettes à quiconque voterait pour l'Union Démocratique, son parti. En tant que délégué politique de l'Union Démocratique à « Washington », il supervisera sans aucun doute le partage du riz et de la viande. Ha! De la viande et du riz au menu pendant une semaine entière! Quel régal! Sans parler de la cuisinière à gaz! Plus de fagot de bois ou de charbon noircissant. Et que dire de l'audience que le député lui accordera au sujet de la bourse d'études pour son fils!

Ce jour est donc exceptionnel. Paré aux vives couleurs qui rappellent celles de l'Union Démocratique, Kwao prenait son petit déjeuner devant sa porte. Il partageait la cour avec six autres familles. À ses côtés ses trois fils et sa femme. Comme la plupart des habitants de « Washington », Il n'avait ni chaise ni table ni couverts modernes. Il était assis sur un tabouret non loin du puits communautaire. Le chien galeux et amaigri d'un voisin et dont les larges plaies rouges étaient envahies par de féroces mouches cannibales, leur jetait des regards quémandeurs. De sa gueule de lamantin baveux pendait une large langue inassouvie. Non loin de la scène un chat vagabond, rôdait et miaulait sans répit. Ses narines sûrement agacées par l'odeur d'un fricassé-combo fait de crabes, de crevettes et de sardine à l'ail grillé et pimenté, semblait lui causer des rhumes intenables comme aux temps des grandes mangeailles de Noël. La sauce pourtant transparente était accompagnée d'un large foutou de taro salé, le repas de base quotidien. L'odeur des latrines maltraitées qui contrastait avec celle de la sauce, ne semblait pas couper l'appétit des mangeurs. Kwao eut à peine le temps de lancer un large morceau de taro trempé dans sa gorge quand Souleymane, son voisin, entra en trombe dans la cour.

— As-salāmu'alaykum, lance-t-il en bondissant de sa motocyclette au bruit et à la fumée inacceptables. Kwao tenta de répondre. Le morceau de tarot pimenté l'étrangla. Ses yeux rouges de pendu rendirent compte de son douloureux plaisir. Ce fut un gobelet d'eau qui le libéra.

— Wa'alaykumu s-salām, finit-il par dire entre deux rots mal poliment sonores!

Et Souleymane d'ajouter chaleureusement:

– Kwao, le député vient de voter. Je l'ai vu au bureau de vote.

– Ce n'est pas vrai! Je suis en retard! Fit Kwao en se levant brusquement de son tabouret non sans avoir léché chaque doigt de la main droite.

✦✦✦

Après deux heures d'une attente pénible dans les rangs à cause du désordre atavique qui semble caractériser certains négro-racailles impossible à dresser, il parvint enfin à l'isoloir. Une fois seul il se remémora rapidement les cours de vote pour analphabètes qu'un agent de la mairie lui a donnés une semaine plus tôt. « Le seul bulletin gagnant est celui de l'Union Démocratique, lequel a pour symbole l'éléphant ». « Tous les bulletins contenant des symboles comme le tigre, le chat, la clé noire, le soleil levant, la fleur, la torche enflammée ou les palmiers sont des symboles des ennemis du pays, des traitres infiltrés dans la République ». « Ce sont les symboles de l'ingratitude, de l'anarchie et de la guerre », lui avait-on expliqué. Sans ce cours Kwao n'aurait pas pu comprendre toute la complexité du vote tropicale.

Son devoir accompli, il sortit du bureau en admirant avec beaucoup de fierté son index gauche marqué à l'encre bleu, puis sortit du bureau. Il avait le regard chercheur comme s'il espérait que le député Claude Samba ou ses courtisans le remarquassent. Mais une fois dans la cour du bureau de vote, il ne vit ni la Mercedes noire ni même la horde de « charognards » et autres « vautours » qui d'ordinaire escortaient le député. Cependant, à une centaine de mètres de là, il aperçut un camion de cinq tonnes pris d'assaut par une foule immense et hystérique. Kwao s'en approcha et reconnut le fanion de l'Union Démocratique, son parti, accroché audit camion. De puissants haut-parleurs crachaient une cacophonie infernale et insupportable qu'on disait pourtant être le dernier tube de la nouvelle star musicale du pays. Le célèbre DJ-animateur-chanteur *John Rafale*. Ceux que l'incroyable succès de *Rafale* avait rendus amers disaient que le chanteur le devait à un puissant et macabre rituel vodou fait au Bénin. On soupçonnait l'artiste d'avoir fait de la nécrophilie pour atteindre un succès si foudroyant. On disait même qu'il aurait commis l'inceste avec sa mère, une femme connue pour son sexe à usage collectif, pour en arriver là. Tout cela n'était pas sûr! Ce qui l'était en revanche, c'était sa popularité qui désormais dépassait les frontières nationales.

Quant à Kwao, il réalisa bientôt que ce camion n'était rien d'autre que celui des victuailles promises par le député à quiconque voterait pour l'Union Démocratique. Mais quel désordre! Une milice de « gorilles » déchaînés et intraitables, matraque et ceinture métallique aux poings, tentait de contenir la foule de surexcités affamés. La tâche semblait impossible. Kwao lança à l'un d'eux: « je suis le délégué Kwao », « Washington Kwao, c'est moi », « laissez-moi passer, c'est moi le délégué ». Il s'entend dire en retour par l'un des « gorilles » débordé: « Poussez-vous! Dégagez! ». Kwao qui ne semblait pas intimidé, cherchait désespérément à passer devant. Il transpirait abondamment. On aurait dit qu'il avait reçu un seau d'eau au visage. Il avait beaucoup de peine à comprendre qu'on lui fît la guerre pour ce qui lui était dû. Mais il n'était pas du genre à laisser tomber si près du but. Alors, jouant de ses coudes secs, il cognait, poussait et tentait toujours et encore d'avancer vers le camion. Devant, un groupe de gamins mal appris était en train de mettre à sac les victuailles dont lui Kwao devrait être l'administrateur. Malgré la compacité de la foule, ce serait insensé de rebrousser chemin sans son sac de riz, sans ses cinq kilos de viande, sans sa cuisinière à gaz, bredouille! À quoi aurait donc servi le vote? A rien? « Non, c'est aujourd'hui ou jamais », se dit-il. Le désordre qui rimait avec le bruit torride de *John Rafale* ne permettaient ni la communication dans la foule ni la concentration. En dépit de sa grande taille, Kwao semblait étouffé. Soudain un projectile, lancé on ne sait d'où, atterrit sur son os nasal en écrasant sa pommette gauche. Kwao n'eut pas le temps de l'esquiver. Une giclée de sang arrosa les alentours. Sonné, il s'affala, évanoui. Et la foule d'affamés de le piétiner dans sa ruée vers le camion de victuailles. On entendait pêle-mêle dans le vacarme imprenable: « j'ai voté, c'est mon riz », « c'est ma viande », « mon briquet ne marche pas », « dégage!», « pousse- toi, conard!»

On aurait simplement dit des macaques ayant pris d'assaut un arbre aux fruits mûrs.

Jules Kwao ne reprit ses esprits qu'en début d'après-midi. Dans la chaleur étouffante de sa maison de tôle, il était affalé sur son matelas fourré de feuilles de bananier. Encore torturé par des douleurs atroces comme si mille marteaux s'écrasaient sur son crâne, il tentait d'échanger avec sa femme.

> – C'est toi Aja? Aja c'est toi? s'assura-t-il.
> – Oui Kwao.
> – Mais, allume la lampe, Aja.
> – Kwao, il est presque deux heures de l'après-midi, il fait encore jour.
> – Mais qu'est-ce qui m'arrive?
> – Kwao, tu as sans doute perdu la vue.
> Aja sa femme éclata en sanglots.
> – Quoi?
> – On t'a lancé une brique au visage, répondit Aja.
> – Et le sac de riz?
> – Rien.
> – Et la viande?
> – Rien.
> – Kwao, repose-toi…repose-toi, fit Aja, les yeux noyés de larmes

Deux semaines après sa décharge de l'hôpital général de Port-Bouët où il fut déclaré borgne et non aveugle, Jules Kwao gardait toujours un humide et volumineux pansement au visage. On aurait dit un pirate des Caraïbes. À sa question de savoir où il pourrait rencontrer le député Claude Samba, un infirmier de l'hôpital lui avait donné l'adresse de l'Assemblée nationale au centre des affaires. Ainsi, un matin, escorté par deux de ses amis de la coopérative des pêcheurs de « Washington », Kwao décida de se rendre au palais de l'Assemblée nationale. Une fois sur place, du fait de la pitié que son état d'abattement extrême inspirait, un garde les autorisa à accéder au secrétariat du député.

La charmante assistante de M. Samba, une jeune femme élancée, âgée d'une vingtaine d'années et dont le teint couleur chocolat rappelait un cirage quotidien et assidu au « *cocoa butter* », les fit assoir en se pinçant machinalement le nez. Elle semblait incapable de comprendre que les broussards qui empestaient le crabe et le poisson fumé à distance même respectable, pouvaient faire partie des fréquentations de son patron Claude Samba. Elle les déshabilla du regard en les inspectant de leur tignasse grisâtre à leurs pieds poussiéreux de villageois. Irritée par ce qu'elle vit, elle passa très vite à l'offensive.

– Hey, vous là, vous vous croyez où? Vous allez où comme ça ? S'enquit-elle avec cet air méprisant qui typifie la plupart des secrétaires promues par acrobaties de canapé de la capitale.

C'est un ami de Kwao qui répondit en se tenant debout.

– *Bonzou* madame, député Samba est là?

Le ton d'analphabète qu'utilisa le pêcheur n'inspirait aucune compassion à la secrétaire qui commençait déjà à perdre son sang-froid:

– D'abord vous êtes qui, vous? Et vous avez rendez-vous? dit-elle les mains aux hanches et le cou tiré.

– *Zé t'appelez* Abou, voilà Kwao il est voté, il est malade…voilà mon ami…

La secrétaire irritée par cette présentation qu'elle trouva inutile, interrompit Abou le pêcheur en criant cette fois.

– Pour la dernière fois, vous avez rendez-vous?

– Kwao, c'est le frère de M. Samba.

Quand elle entendit le mot « frère », elle se ressaisit et dit alors calmement en pointant du doigt le malade.

– Très bien, et ce serait lui Kwao le frère malade, je suppose?

– Oui   Kwao-délégué-Washington-*Inion   Démoclatique*,   fit schématiquement Abou.

– Ça va. Asseyez-vous là-bas, je reviens, conclut la secrétaire.

Ayant abandonné les pêcheurs dans la salle d'attente mitoyenne à son bureau, la secrétaire revint à sa chaise et passa un coup de fil au député Claude Samba qui ne semblait pas savoir de quoi il s'agissait.

« Pardon? Non non non… C'est qui ces mendiants? Kwao? C'est qui cet enfoiré? Quel Washington? C'est un Américain? ». Avait-il hurlé à la secrétaire avant de raccrocher brutalement.

Revenue aux pêcheurs, la secrétaire leur dit sèchement.

– Laissez-moi votre numéro, le député est en voyage, il vous appellera quand il reviendra d'Italie. Merci, maintenant sortez!

Là où campent les cerveaux mal irrigués, l'homme malicieux posera toujours les jalons de sa fortune.

8. Le Club

Une nation peut survivre à ses imbéciles et même à ses ambitieux.
Mais elle ne peut pas survivre à la trahison de l'intérieur.
Un meurtrier est moins à craindre
– MARCUS TULLIUS CICERO

Le Club » était un cercle hermétique et insondable. La plupart des présidents Africains n'avaient ni idée de sa vraie structure, ni de son siège. Ils ne le connaissaient que de nom ou par émissaires. Le célèbre hebdomadaire panafricain : « Notre Afrique » le dit même rattaché au fameux « *Bilderberg* » avec plusieurs tentacules dispersés sur tous les continents. L'économiste Français Hervé Prévyl appartenait à la version francophone de cette entreprise supranationale dont les sociétés écrans seraient propriétaires de toutes les richesses clés du continent africain. Les ports, les aéroports, les mines, les gisements de gaz et de pétrole etc. seraient leur propriété à travers des concessions obtenues à coup de pistolet sur la tempe des politiciens africains.

- Toujours jovial, fit M. Jérôme Daffi, l'émissaire et mentor du président Koudou Kouakou à Hervé Prévyl qu'il recevait au salon d'honneur de l'aéroport international.

M. Daffi n'occupait plus de fonction ministérielle. Il n'était même plus haut fonctionnaire. Et il avait quitté le Parlement depuis une éternité. Mais, il était incontournable. À soixante-quatorze ans, il semblait ne plus rien envier à personne. Ancien président de la zone subsaharienne du projet conjoint Banque mondiale-Fonds monétaire international, il a une certaine maestria de la haute finance internationale. Crédité d'un carnet d'adresse enviable, on le disait proche de Michel Candesky, président de la banque du Vatican, avec qui il aurait fréquenté la prestigieuse école d'économie de Chicago. Il serait un pur produit de Milton Friedman qu'il citait excessivement dans ses discours, du temps de ses fonctions gouvernementales quoique son passage à la tête du ministère de l'économie et des finances n'ait guère laissé d'empreinte digne du prix Nobel d'économie, qu'il mentionnait sans répit.

La fortune colossale qu'il aurait frauduleusement amassée à travers les rétro-commissions et pots-de-vin issus des contrats d'armes ou du négoce café-cacao, le tout couplé à sa filiation princière, lui assurait une assise redoutable dans sa région natale. Planteur d'hévéa, de palmier à huile et de cacao comme le fut son père, la bourse des matières premières à Londres ne lui était point étrangère. Curieusement, en dépit de sa remarquable stature intellectuelle et de ses honorables fréquentations, M. Jérôme Daffi chérissait des conceptions tribalistes farouchement rétrogrades. Dans son esprit, seuls les Sékouli, ethnie à laquelle le président Koudou Kouakou et lui-même appartenaient, étaient faits pour diriger le pays. M. Daffi en était tellement certain qu'il osa l'affirmer dans son discours de clôture du congrès annuel du Parti Républicain dont les dignitaires étaient majoritairement des Sekouli, ethnie majoritaire du pays. Après cette sortie ratée amplifiée par les journaux de l'opposition et la levée de bouclier qui suivit, le président de la République le supplia de corriger le tir par une interview à caractère cosmétique pour masser l'opinion et situer le malentendu. Rien n'y fit. M. Jérôme Daffi, se sachant maître du système, ne plia point l'échine. Aussi, usait-il, sans répit, du soutien tacite des chefs traditionnels Sékouli pour influencer, de manière discrète mais décisive, le président de la République qui n'était, en définitive, que son poulain.

- Toujours, tou-jours, répondit Hervé Prévyl.

Dans le petit cercle des boursiers francophones de la *Chicago business school* qu'ils avaient formés, on colla le sobriquet de « twice » à Prévyl qui, à soixante-quatorze ans, ne s'était jamais débarrassé de ce tic aussi amusant qu'embêtant. Hervé Prévyl aimait répéter ce qui lui semblait important deux fois. Parfaitement bilingues, les deux hommes se parlaient souvent en Anglais surtout lorsque donnant le ton, Jérôme Daffi reprit vivement en ricanant.

- Twice!

- Twice, twice, relança l'économiste Français, amusé.

Ayant retiré son cigare *Cohiba* de ses lèvres ridées, il offrit son meilleur sourire à son hôte Daffi. On pouvait voir ses dents grillées, noircies par le cigare mais lavées par le bon vin d'Auvergne et le cognac qu'il adorait. Grand avec une pomme d'Adam généreuse, la chevelure argentée, Hervé Prévyl ne faisait pourtant pas son âge. Il avait l'air beaucoup plus jeune que Jérôme Daffi bien que tous les deux fussent promotionnaires.

- Le cigare, encore plus de cigare. Hervé, tu fumes toujours? , décrocha Daffi en lui faisant une autre poignée de main plutôt frugale.
- Toujours et toujours. Et je prendrai volontiers un cognac, un cognac, si ça te dit.
- Un cognac, ce sera alors.

Quelqu'un apostropha une serveuse du salon d'honneur qui, bientôt, posa une grande Hennessy 750 ml sur le guéridon qui palpait leurs genoux. En trinquant leurs verres, les deux hommes éclatèrent de rire. Ce cognac Français et ses effets leur rappelaient bien de souvenirs depuis leurs années facultés. Quels bars n'avaient-ils pas fréquentés dans *Streeterville* ou *Illinois Medical District*? *East Rogers Park* restait, cependant, l'endroit favori où jeunes étudiants boursiers à Chicago, ils allaient draguer les *latinas calientes* à la plage, le weekend. Chaque fois qu'ils se rencontraient, ils ne se lassaient jamais de ressasser leurs souvenirs de l'Illinois.

- Que de souvenirs! Que de beaux souvenirs! , souffla Hervé Prévyl en reposant son verre sur le guéridon.

En revanche, ils parlaient rarement d'Europe. Presque jamais de France pour remâcher leurs plus beaux souvenirs. Paris leur rappelle le sérieux, le travail. Elle rappelait la « fraternité maçonnique » et la solidarité intangible que prescrivait le devoir envers les « frères ». Les sujets parisiens étaient moins drôles et plus proches des affaires. Le sérieux signifiait qu'il avait gravi ensemble les trente-deux degrés de la fraternité maçonnique dans sa version écossaise. Qu'ils avaient répété ensemble les sermons cruciaux de la fidélité ; sans faille. Sans jamais trahir l'ordre. Qu'ils savaient des choses et qu'ils se taisaient quand l'ordre le leur demandait.

Une demi-heure plus tard, ils sortirent de l'aéroport à bord de l'imposante Mercedes noire Maybach S600 de Jérôme Daffi qu'escortaient deux autres Range Rover Vogue. Le bolide était précédé d'une escorte policière sobrement flanquée de deux motards. Le cortège prit la direction de sa somptueuse demeure, sise à la paisible riviera africaine via le Hilton Hôtel où Daffi avait prévu de loger son hôte. En route, Hervé Prévyl , assis sur la banquette arrière à côté de lui, de siffler d'admiration devant l'impressionnant défilé des gratte-ciels et d'échangeurs de constructions récentes qui articulaient le vaste boulevard Cresson Duplessis. Bientôt, ils empruntèrent la sixième avenue pour éviter les probables embouteillages de dix-sept heures qui bouchaient généralement les artères menant à l'avenue du commerce. Ce qui les contraignit à traverser la cité des collines où les nouveaux riches de la capitale avaient élu domicile. Les silencieuses artères, en damiers bordées de villas cossues aux toits de tuiles multicolores, ne manquèrent point d'attirer les regards d'Hervé Prévyl. Pour un pays d'Afrique noire francophone à peine déclaré P.P.T.E., c'était presqu'un miracle. Ne pouvant plus s'expliquer la discipline et le miracle qui s'était produit depuis sa dernière visite, il demanda de vive voix à Daffi :

- Il bosse bien ton petit Koudou Kouakou. Ça se passe pas mal la croissance à deux chiffres, finalement. PPTE... dettes annulées...pas mal hein?

- Ça va. Rien que des éléphants blancs comme toujours. Mais dans l'ensemble il se démerde, oui. Ça va.

- Ouais. Dis, tu lui as parlé? Tu as parlé de l'offre du Club au président Kouakou?

- Oui, mon cher Hervé. Mais, on en reparle au diner, ce soir.

M. Jérôme Daffi avait soudain l'air pensif ; moins bavard qu'à l'aéroport.

L'ayant senti, Hervé Prévyl se redressa pour contempler à nouveau le défilé des nouvelles artères de la capitale.

Le président Koudou Kouakou avait promis une audience le lundi suivant à Hervé Prévyl. Il s'était excusé de ne pouvoir le recevoir dès son arrivée. Quoique désobligé, ce dernier se contenta de diner avec Jérôme Daffi au Hilton Hôtel. Installés sur la vaste esplanade arrière, adjacente au restaurant, les deux hommes sont repus d'un agréable cassoulet épicé. Hervé Prévyl adorait la cuisine africaine. Ils parlaient à basse voix dans un coin du vaste restaurant, loin du bar agité. Et encore, loin des micros et caméras, surement plantés dans la suite où ils logeaient. Le restaurant était suspendu et la vue était prenante. On pouvait voir les navires faire leur entrée dans le canal de Vichy, récemment modernisé par le groupe Français Bouygues. Leurs gardes du corps, discrètement mêlés aux autres clients, veillaient au grain.

- Belle vue, Jérôme; s'exclama le Français. C'est une belle vue. Non?

Puis il rejeta une abondante fumée du *Cohiba* pour souffler sur son café noir :

- Pas mal, oui. Mais, j'ai toujours eu du mal à m'accommoder à cet air marin. Même, depuis l'Illinois. Tu t'en souviens ?

- Et j'ai toujours dit que tu avais tort. J'adore l'air marin, moi. Je l'adore.

Puis, Prévyl se fit, soudain, sérieux.

- Dis Jérôme, ton petit Koudou ne m'a pas l'air sincère. Quel est le problème?

- Si. Si. Il est sincère. Écoute Hervé, il ne peut pas tout vendre en une seule opération. Donne-lui du temps.

- Jérôme, je vois débarquer les Chinois. Je les vois venir, les Chinois. Les Américains, demain, sans doute. Et après-demain, les Russes et les Sud-Africains. Pourquoi pas? Hum pourquoi pas. Le Club ne peut pas perdre ton pays au profit de ces opportunistes qui n'ont jamais rien construit ici. Nos investissements dans ce pays datent de 1891! Ce serait dramatique.

Jérôme Daffi s'était interprété cette dernière phrase comme une vraie menace.

- Le Club ne perdra rien. Laisse-moi reparler au président Koudou Kouakou. On trouvera un compromis, dès lundi.

- Jérôme, tu penses que le président devient pro-chinois, peut-être?

- Non. Pas du tout. Il a fait construire deux ou trois routes par la Chine, c'est tout. Tout est encore dans le pré carré.

- J'espère. J'espère que tu dis vrai. Et la maison de la culture, et le nouveau stade olympique? C'est encore des ouvrages chinois ça. J'ai même appris qu'il a un projet de métro Chinois dans la capitale.

- Oui mais...

- Jérôme, enchaina Hervé Prévyl en ignorant la suite de la phrase de M. Daffi. Trouvons un arrangement à l'amiable. Ce qui se dit au Club n'arrange ni Koudou Kouakou ni toi. Je ne veux pas voir ton président en exil. C'est de son départ qu'il sera question s'il ne veut rien vendre, tu sais. Ce sont les règles. On a travaillé ensemble sur le Congo, la Somalie, le Libéria, la Centrafrique, le Niger et la Lybie.

- Je sais. Je sais, et nous trouverons bien un compromis, lundi. Promis.

Puis, Prévyl de se vouter pour se rapprocher de M. Daffi comme s'il craignait que la phrase suivante fût entendue par la petite foule éparpillée sur la terrasse. Il se mit à compter ses doigts en alignant les mots :

- Les sans-emplois, les démobilisés de l'armée, les jeunes déprogrammés en Russie, le fanatisme religieux qui gagnent du terrain…ton jeune agitateur technocrate là…Charles Kouassi. Il devient populaire, lui. On parle beaucoup de lui au Club, tu sais?… L'opposition assoiffée de pouvoir… Boko Haram qui menace dans le Nord…Les marchands d'armes aux aguets, toujours prêts à vendre… Tu vois, tu vois tous les ingrédients sont là, Jérôme. Tout est sec comme de la paille. Tout ce qu'il faut, c'est une allumette. Et booom!

Le Français avait fini sa phrase en claquant des doigts.

Jérôme Daffi sursauta à la prononciation de cette détonation. Il se redressa presqu'aussitôt. Hervé de poursuivre :

- Tu te souviens Jérôme, on avait moins que ça quand on a lancé l'opération « Barracuda » en Centrafrique. On n'avait pas grand-chose à exploiter contre Samuel Doe non plus. Au final, on a parlé de corruption, de tribalisme et tout s'est embrasé. Comme ça!

M. Jérôme Daffi connaissait le récital qu'Hervé venait de lui faire. Il avait servi d'intermédiaire dans les trafics d'armes qui ont finalement eu raison du régime de Samuel Doe. Il avait traité directement avec le chargé d'affaires spéciales de Mouammar Kadhafi, un certain Al Moctar Tarkadine qui convoyait ses armes jusqu'au port de la capitale avant d'être remises au clan de Charles Taylor qu'il protégeait. Il connaissait par cœur la mécanique de ces transactions du sang. Daffi avait rempli ses comptes en banque durant cette guerre effroyable de quatorze ans. C'est lui qui avait recruté, nourri et logé les mercenaires en transit. Doe avait refusé de brader ses plantations d'hévéa à la *Tyrescorp international*. La suite était connue. On avait armé des négro-racailles affamés et sans cervelle, en qui on avait réveillé la fibre tribale. Doe se cadenassa dans son bunker qu'on disait imprenable. La feinte trouvée était une discussion dans le creuset sécurisé de l'Ecomog. Sans agression. Doe mordit à l'appât et sortit de sa cachette. Trahi, il fut capturé. On le débarrassa de ses amulettes inutiles. On le traina nu par terre. On coupa ses oreilles et son pénis. Son gros ventre fut percé comme une chambre à air. On brisa ses os au marteau. Il fut finalement découpé en morceaux qu'on donna à manger aux chiens errant de Monrovia. Puis ce fut l'horreur. Cannibalisme, fétichisme, viol, meurtre odieux s'en suivirent jusqu'à la victoire de Taylor et de ses chiens de guerres. Quand le Club ne voulait plus de vous, seul le destin pouvait encore vous sauver.

- Ce chantage est inacceptable, Hervé. Si ce pays s'écroule, c'est toute la sous-région qui prendrait feu.

Hervé dit alors, calmement, en se redressant les paumes ouvertes:

- Ce n'est pas moi qui prends les décisions, pas moi. Je ne suis qu'un délégué comme toi Jérôme. Tu le sais ça. Tu le sais très bien.

- Tu peux toujours influencer leur décision. Tu l'as fait pour Soglou et on avait évité la catastrophe à notre ami et « frère ». On n'a plus parlé de guerre dans son pays.

- C'est exact Jérôme. Je pouvais! Oui, je pouvais. Mais là, je ne peux plus.

- Et pourquoi deux poids, deux mesures ? Tu es très mou quand il faut éjecter Soglou notre voisin, et tu es si intransigeant pour le cas de notre président Koudou Kouakou. Pourquoi?

- Pour deux raisons : d'abord, Soglou a finalement vendu ce qu'on voulait acheter. Ce qui ne semble pas être le cas de ton petit Koudou Kouakou qui, au contraire, commence à trop aimer les nouilles chinoises. Deuxièmement, J'ai déjà plaidé auprès du Club pour qu'on accorde une rallonge supplémentaire à ton Koudou Kouakou. Trois voyages. Mon troisième voyage, Jérôme! Et toujours, rien à vendre?

- Tu exagères. Il a déjà donné l'eau et l'électricité quand même!

- L'eau et l'électricité? C'est rien ça. En plus, comme promis, on redresse ces compagnies et on se retire. Ce n'est pas de la vente ça. C'est de la tutelle. Le gaz, le pétrole, le palmier à huile l'hévéa, les mines…Voilà des choses à vendre.

Jérôme Daffi se félicitait de son sang-froid en braquant ses yeux exorbités sur Hervé Prévyl qui, pour de vrai, méritait une baffe à ce stade ~~des~~ de leurs échanges. Il savait que le président, son filleul, aurait déjà pété le câble. Le total fait, il était heureux que ce dernier fût absent. Il demanda sur un ton ironiquement gêné.

- T'es sérieux là? Hum?

- Du calme, Jérôme, du calme. J'adore ton pays, ses femmes, le goût raffiné de ses élites, la bonne chair…J'adore ce pays. Je ne veux pas le voir en feu et à sang. C'est pourquoi le Club m'envoie négocier… acheter.

- Non, tu ne négocies pas. Tu me braques. Je t'ai promis d'en parler su au président, lundi.

- C'est bon, c'est bon alors. Je repars ce mercredi comme tu le sais. J'espère qu'on s'entendra avant mon départ. J'espère.

Hervé Prévyl, claqua le Zippo argenté, gravé de ses initiales H.P. et ralluma son *Cohiba* qui s'était éteint. Daffi saisit l'occasion.

- Toi qui fumes, tu devrais savoir que l'amour est comme un cigare. S'il s'éteint, on peut le rallumer comme tu viens de le faire. Mais, il n'a plus le même goût. Lord Wavell!

- Wow! J'aime celle-là. Elle est bonne, cette citation. Impressionnant! Mais, il peut avoir un goût meilleur, le cigare rallumé. Je fume et je le sais.

La réplique d'Hervé fut rageante et adroite, Daffi trouva quand-même à redire :

- Hervé, je parle du Club. Je commence à ne plus aimer le Club. Mon amour commence à s'éteindre.

Le Français haussa légèrement les épaules en tirant sur ses commissures.

- Ce sont les règles, Jérôme. Ce sont les règles. Tu le sais depuis le début. Le Club a ses règles. On ne trahit pas les règles. Même s'il s'agit, cette fois, de ton pays. Tu as permis de pacifier les autres. Fais quelque chose pour sauver ton propre pays.

- On en reparlera.

- Jérôme. C'est simple. Vends, on achète. La vie continue. Le Club vous garde au pouvoir. Point final. Vous ne vendez pas, vous dégagez! Pas du tout compliqué ça.

Gardant un sourire forcé, Jérôme Daffi se défit du soyeux divan où il s'était enfoui. Il se leva en compagnie de ses gardes du corps et prit congé de son hôte. Le président Koudou Kouakou devra entendre raison cette fois.

Lundi 13, Mai. 10h12mn. Résidence du président Koudou Kouakou. Jérôme Daffi prit le temps, avant ce conclave, de répéter ce que le président savait déjà. Que les personnalités les plus influentes du Club avaient toujours la tête frigide. Elles ont toujours été insensibles et formatées pour ne pas s'émouvoir, ni devant la guerre ni devant la famine du tiers monde. Elles n'en avaient rien à faire. La guerre, les massacres, les génocides et autres barbaries ont toujours fait partie de l'histoire humaine. En conséquence, les risques d'un embrasement sous régional, comme argument brandi par lui-même Daffi pour tenter d'effaroucher Prévyl, ne marcherait pas, devant l'indifférence quasi-génétique du Club. Car, ce dernier est, et demeure, insensible. D'ailleurs, la guerre est une grande forme de racket rentable. Le mentor Jérôme Daffi crut être dans le bon ton quand il entra, en compagnie de Prévyl, chez son poulain Kouakou.

Le président était confortablement assis et placide. En face de lui, les deux « frères » du Club. L'un est son mentor et l'autre, un avide maçon, délégué des financiers affamés pour le dépouiller. Lorsque le président posa sa première question, Hervé Prévyl le prit pour une avancée remarquable dans les discussions à suivre. Ses yeux d'émissaire mesquin s'illuminèrent :

- M. Prévyl, je veux cette discussion brève, commença le président Koudou Kouakou. Même, très brève. Alors dites-nous, combien d'entreprises comptez-vous racheter au total?

Le Français ne s'attendait pas à une telle introduction. Il était venu dans un esprit de confrontation, de guerre. Il avait, en conséquence, préparé la batterie d'imparables menaces habituelles pour forcer la main des vendeurs. Il ne suspecta pas, non plus, que cette question pût avoir un pan inexprimé. Que pouvait bien signifié « au total »?

- Cinq, votre excellence, lança-t-il, sans plus de calcul.

- Lesquelles?, reprit lentement le président.

- La raffinerie, l'hévéa, le palmier, la mine d'or de Kahola et enfin la Conacao. La compagnie nationale de cacao, pour être plus clair.

Le président souffla et déballa méthodiquement la suite de sa proposition.

- Que diriez-vous si je dis oui? Oui, tout de suite?

Surpris, le Français reprit, jovial.

- Heu bien, je vous remercierais et je vous féliciterais de votre adresse d'homme politique avisé, M. le président.
- Merci, M. Prévyl. Merci beaucoup.
- Est-ce tout, votre excellence?, reprit le Français.
- Non, fit à voix basse le président. Non. À l'exception, je dois corriger, de la raffinerie.
- Mais la raffinerie ne se porte pas bien M. le président, rétorqua Hervé Prévyl. Sauf votre respect, M. Le président...
- M. Prévyl, coupa calmement le président Kouakou; dites au Club que notre gouvernement est d'accord pour vendre le total des cinq entreprises.
- Merci infiniment, Monsieur le président, mais si vous le permettez...
- Mais, que nous comptons différer les ventes sur cinq ans, coupa encore, de biais, le président. A raison, disons, d'une entreprise par an, le temps que je finisse mon prochain mandat. Ce serait suicidaire de tout céder cette année. J'aurais trop d'ennuis avec le peuple...et l'opposition.
- Je prends bonne note de votre offre mais la raffinerie risque, M. le président, de compromettre...
- M. Prévyl, comprenons-nous bien, vous ne pouvez certainement pas acheter ce qu'on ne vend pas. Du moins, maintenant. Nous reviendrons sur la raffinerie. Je vous en donne ma parole.

M. Daffi, qui jusque-là n'avait rien dit, tenta de calmer le jeu d'échec qui s'amorçait sournoisement. Prévyl, ayant mal digéré la feinte du président, espérait que Daffi l'aidât à remonter la pente. Il n'avait pas vu venir la partie occultée de l'offre du président. Il pensait que la vente concernait cinq entreprises à céder, en une seule opération, d'où l'expression de sa précoce gratitude. En fin tacticien, le président avait lâché l'offre en plusieurs séquences de sorte à éviter la parade que le Français avait prévue. Daffi se rangea du côté du président et dit alors :

- Allons Hervé, l'offre du président me parait raisonnable, tout sera vendu mais progressivement.

Ignorant le mot de M. Daffi, Prévyl s'adressa directement au président.

- Très bien M. le président, j'en parlerai de vive voix au prochain conclave du Club. Mais, je crains que cela ne soit pris pour un revirement de votre part entendu que nous avions jusque-là eu des relations privilégiées avec votre pays.

Cette menace ne provoqua pourtant pas l'ire du président qui, au contraire, ajouta:

- Je vous en prie, faites-le bien en notre nom. Mais, restez assurés que nous n'envisageons, en aucun cas, trouver d'autres preneurs que vous.

Hervé Prévyl parut à moitié rassuré que les Chinois, les Russes et autres Américains n'auraient pas la primeur des ventes. C'est là, le fondement réel de sa crainte dans l'offre différée du président. Ce dernier, satisfait d'être dans la bonne inflexion qu'il avait prévu de donner à la séance, dit pour conclure :

- Dès demain, je vous fais préparer la documentation nécessaire. Puis-je, en retour, compter sur votre soutien auprès du Club? M. Daffi s'occupera des présents de la République comme d'habitude.

- Soyez en sûr excellence, refit à contre cœur le Français avant sa retraite.

✿✿✿

- Tu m'avais pourtant assuré qu'il était prêt à vendre, à tout vendre.

De retour dans sa suite d'hôtel, Hervé Prévyl tentait de résumer la journée avec son « frère » Daffi qui ne semblait pas avoir compris la relative générosité de son poulain de président.

- Pour te dire la vérité, je suis très surpris que Koudou ait pris cette liberté de tout vendre.

- Sauf la raffinerie, bien sûr ; fit avec raillerie Hervé Prévyl.

- T'inquiète, il finira par céder la raffinerie. Donne-lui du temps. Koudou devient émotif. Je le sens.

- Une fois encore, Jérôme, je ne sais pas ce que le Club en dira. Mais, ça ne sent pas bon pour ton pays. Ça ne sent pas bon.

- Voici ce que je propose. Puis-je te rejoindre à Paris avant la conférence?

- Fais comme tu veux, Jérôme. Fais comme bon te semble.

- Hey, je pourrais personnellement en discuter dans la loge avec le « frater » De la Chaumière.

- Quoi ? Tu deviens fou? De la Chaumière ne t'écoutera pas. En plus, il sera trop occupé par les préparatifs de la conférence pour te prêter attention. Si tu l'appelles avant ton arrivée, il dira que ton compte est incomplet…que tu n'as pas tenu parole sur les offres du Club etc.

- Alors, je viens sans le prévenir. Avec l'effet de surprise, il m'écoutera.

- Si tu choisis cette option, il ne te recevra pas non plus, sans rendezvous.

- Putain! C'est quoi votre problème à la fin? , s'irrita brusquement Jérôme
Daffi. Je fais ce que je peux, bon sang!

- Oh doucement là. Calme-toi. Pense à ton ulcère avant de crier. Sais-tu
dans quelle merde tu m'as fourré toi ? Je rentre à Paris presque bredouille.
De la Chaumière va s'en prendre à moi, à cause de vous deux. Passe-lui un
coup de fil avant mon arrivée. Essaie de lui expliquer pourquoi je reviens
bredouille. Et surtout, prends rendez-vous! Il va te virer si tu débarques
sans l'appeler. Tu le sais. Tu le sais très bien.

Joseph Marie Bruno De la Chaumière dirigeait la branche du Club à Paris
depuis plusieurs décennies. C'est à lui qu'Hervé Prévyl et Jérôme Daffi
faisaient leurs comptes rendus de mission. Contrairement à ces derniers, il
n'était pas diplômé d'économie. Cet avocat à la retraite a gravi les échelons
du Club grâce à sa parfaite maitrise des rouages de la maçonnerie dont il
est initié de trente troisièmes degrés et de fait, grand inspecteur général.
Noble de naissance, sa famille a également une longue histoire avec l'ordre
de « Spartacus ». À soixante-dix ans, ce parrain de la *Young Global Leader* en
Europe connaissait familièrement le milliardaire et philanthrope controversé
John Solos avec qui, il s'est retrouvé à maintes reprises dans les conclaves du
Bilderberg group. Solos, américain d'origine Roumaine qui avait écumé bien
de banques nationales à travers le monde, serait le plus grand financier des
guerres actuelles et des révolutions dites du printemps arabe. Sa fameuse
ONG *World Peace and Global Transparency* ne serait qu'un écran de fumée
pour divertir l'opinion. Il serait un vrai criminel en liberté qu'aucune loi ne
peut mettre aux arrêts. De la Chaumière était son agent le plus influent en
Europe occidentale. Cet ancien membre de la *World Economic Forum* avait,
à l'évidence, une certaine connaissance du fonctionnement des lobbies
financiers sur le globe.

Hervé Prévyl fut un peu surpris par la tranquillité peu ordinaire de
Bruno De la Chaumière. Dans son vaste bureau logé au troisième étage du
Château des landes qui fut jadis la propriété de la longue lignée des De la
Chaumière, l'aristocrate écoutait Hervé avec un calme baroque.

- On dirait que Koudou Kouakou cherche à nous rouler, fit remarquer Hervé.

- Koudou n'est plus un problème, M. Prévyl, coupa De la Chaumière.

- Comment ça?

- Il est sur écoute. Je sais tout ce qu'il vous a dit. Je reconnais même le bruit de son renflement. C'est décidé. Il doit partir. Il vend tout cette année ou il part ; ce sont les instructions d'en haut. Ce n'est pas négociable.

Puis, De la Chaumière afficha son bref sourire laconique habituel par lequel il exprimait sa colère.

Malgré son acharnement lors de ces négociations avec Daffi, Hervé Prévyl parut soudainement troublé. Il avait un pincement au cœur que l'entêtement du président Koudou Kouakou eût poussé le Club à en arriver là. Le mot, venant de Bruno De la Chaumière, signifiait qu'il n'y avait plus de recours. Koudou avait condamné son pays. Contrarié, Hervé tenta de relancer l'entretien par un franc plaidoyer.

- Et s'il se ressaisissait? Je veux dire…s'il vendait tout…cette année? Tout !?

- M. Prévyl, j'ai écouté votre conversation avec Monsieur le président, Koudou Kouakou. Une fois encore, j'en ai bien étudié la tonalité. Il a choisi entre la vente et le chaos de son pays. Il est naïf. Il croit encore qu'un peuple, surtout Africain, peut lui servir de bouclier. Il doit relire l'histoire récente de Blaise Lissomba à Brazzaville.

De la Chaumière détourna son regard et le fixa sur l'impressionnante *Ânesse de Balaam*, la pittoresque toile de Rembrandt à sa gauche. Il revisita lentement le chef d'œuvre pendant quelques secondes et revenu à Prévyl. Il dit comme choqué:

- J'ai souvent beaucoup de peine à comprendre les Africains, vous savez. Ils écument leurs propres entreprises. Quand ils sont fauchés, ils tendent la main. Et ensuite, nous devons les supplier de nous autoriser à redresser les entreprises qu'ils ont eux-mêmes écumées. C'est quand même incroyable. Non?

- Une fois encore, vous avez le mot juste, acquiesça Prévyl. Ils les écument carrément. Mais dites, si Koudou se ravisait à la dernière minute, il y a-t-il…

- M. Prévyl, coupa De la Chaumière en touchant le bureau, vous travaillez pour le Club. Pas pour Daffi encore moins pour Koudou Kouakou. C'est fait. Il n'y a plus de marche arrière possible. Il a eu trois chances au total. Trois!

- Bien alors. Mais, a-t-on une idée du prochain régime ? Je crains qu'un militaire incontrôlé ne nous fasse tout perdre au final. Il serait souhaitable qu'on n'ait plus à faire à un autre…Capitaine Papis Camara. Je fais allusion à la République forestière.

- Là, vous marquez un point en retour; reconnut De la Chaumière. Les militaires Africains, il faut s'en méfier comme de la peste. Ils sont vraiment sans cervelle! Ils n'ont que du fromage dans le crane.

Il avait lancé cette phrase avec dégoût, l'index sur la tempe droite.

Puis, il se mit à ricaner longuement :

- Dire qu'on comptait sur ce cancre de Papis Camara…

- Un vrai cancre et brasseur de vent, un triple zéro! , enchaina Prévyl, contaminé lui aussi par le rire.

De la Chaumière parut nettoyer une larme pour censurer l'effet de sa rigolade. Il ajouta :

- Vous vous rappelez comment cet halluciné, ce zéro intégral, bourré de kétamine, parlait à notre ministre de la coopération Bertrand Fouchenière? Sérieusement. Si on devrait recruter des gens pour torcher nos postérieurs, cet abruti de Papis Camara ne pourrait même pas être admis à un tel concours.

- Ha ha ha…, se dégagea Prévyl à gorge déployée.

- Et c'est un tel animal qui prit le pouvoir en République forestière. C'est encore lui, qui nous a fait perdre le gisement de fer. Vous vous en souvenez? Incroyable.

De la Chaumière ne pouvait plus s'empêcher de rire. Il rit encore de longues minutes de ses propres remarques sur le capitaine brasseur de vent et zéro intégral, Papis Camara.

- Vous avez raison, plus jamais de Papis Camara. Mais pour l'instant, c'est le départ de Koudou Kouakou qui est à l'ordre du jour. J'aurai une idée des détails de sa succession au précongrès, la semaine prochaine. Avez-vous, cependant, un homme en tête pour lui succéder? Je pourrais relayer cela à M. John Solos en personne. Vous connaissez mieux le terrain, Prévyl.

Hervé Prévyl n'avait pas préparé cette question. Mais, il n'avait pas le droit d'hésiter à y répondre. Son interlocuteur aurait commencé à douter de sa maitrise des dossiers dont il avait la charge. Cela, couplé à l'échec de sa dernière négociation en Afrique, aurait davantage écorné son image et sa capacité à gérer le continent. Il dit alors, en enchainant presqu'aussitôt:

- Oui, un jeune libéral, formé en partie chez nous, au ministère du travail, à l'hôtel Chatelet, sous l'œil du ministre Auguste Ambrely lui-même.

- Ha oui? , fit De la Chaumière surpris.

- Oui et il devient très populaire. Un énarque. Un certain Kouassi. Très aimé.

- Vraiment? Kouassi? Kouassi quoi?

- Charles Kouassi. Il serait élu hauts les mains. Je vous le jure. Il n'aime pas beaucoup Koudou et son clan d'ailleurs.

- Je vois. Et l'ancien ministre… Auguste Ambrely le connait, dites-vous?

Bruno De la Chaumière connaissait parfaitement son « frater » Auguste Ambrely de la grande loge. Il aurait, sans aucun doute, quêté l'avis de l'ancien ministre sur ce Charles Kouassi qui lui serait familier. Hervé choisit de recadrer son propos pour ne pas décevoir au cas où le ministre ne se souviendrait plus de Charles Kouassi qui n'était, au final, qu'un simple stagiaire au ministère Français de l'emploi.

- Connaitre…pas sûr, mais il était en stage au Château Châtelet, quand Ambrely était ministre, je veux dire.

- Très bien. C'est quand même intéressant ça. Il a donc des idées de droite…

- Libéral et de droite. Là, sans aucun doute. Aucun.

De la Chaumière se croisa lentement les mains. Il toucha son doigt bagué, ajusta sa chevalière saillante dorée au fond noir gravé du compas et de l'équerre. Se raclant le menton du bout des doigts, il répéta lentement:

- Libéral. Libéral de droite et populaire… Faites-moi une proposition plus détaillée en fin de semaine. Puisque l'ordre kaki vous fiche tant la frousse, je veux tout savoir sur ce…Kouassi. Au besoin, je veux le voir ici à Paris. Mais, il faut qu'il soit prêt à vendre.

- Vous aurez son dossier complet ce vendredi.

Prévyl n'avait qu'une seule idée en tête en pensant à son « frater » Daffi. Lui éviter vaille que vaille la catastrophe. Une telle affaire parvenue aux oreilles insensibles de l'entourage de John Solos, le milliardaire philanthrope sans cœur, signifiait un arrêt de mort pour Koudou et son clan. Sans autre recours possible. Prévyl savait que la guerre rapporterait au Club, mieux que la paix ou les cinq entreprises dont il proposa le rachat au président. C'est pourquoi, De la Chaumière ne lui permit pas de proposer une solution de sortie de crise pour le président Koudou Kouakou. La guerre, c'est plus rentable. Sa dernière rencontre avec De la Chaumière n'était en fait pas événementielle. Ni Siad Barré le somalien, ni Samuel Doe le libérien ni Blaise Lissomba le Congolais, ni Papis Camara le Forestier, ni même Mouammar Kadhafi ne l'avait écouté. Il se souvenait encore comment le président Bouarré Manassora l'avait traité dans le sahel. Lui Hervé, délégué du Club maffieux le plus puissant de la planète, fut menotté et jeté dehors comme un chien galeux par ses gardes du corps nègres ultra zélés du président Africain. Prévyl venait de lui expliquer que brader son uranium au président chinois Xiao Ping était un suicide qui risquait de déplaire au Club. Le président Manassora trouva cette menace pire qu'inacceptable. La naïve idée qu'il se faisait de la souveraineté et de l'indépendance des États Africains venait d'être prise à défaut. Il perdit son sang-froid et le fit trainer sur le rugueux pavé du palais présidentiel. En représailles, dix millions de Francs CFA et une Peugeot 250 GTI furent remis au garde de corps cupide et affamé du président Africain. Ce dernier lui logea une balle dans la tête, le soir même où il reçut son butin. Incapable de se sauver, il fut lui-même buté dans les secondes qui suivirent au palais grâce à une infiltration de Prévyl. Dauda Wankalé, le successeur désigné par le Club, parla d'un malentendu intervenu lors de l'arrestation du président défunt. L'incident fut clos. Scenario classique du Club, répété au palais de marbre de Kinshasa. Rashidi, l'enfant soldat, garde du corps de Laurent Désiré Kabila buta ce dernier et crut naïvement qu'il lui suffisait d'escalader la clôture du palais pour récupérer son butin. Trente secondes plus tard, il gisait lui-même dans une mare de sang, la cervelle arrachée de son crâne. Kabila avait osé refuser de brader la *Gécamines*, la compagnie nationale des mines du Congo. Les multiples rebellions fomentées à Goma avec l'aide de pays limitrophes vendus à la cause du club pour l'intimider et le raisonner ne semblaient plus porter les fruits escomptés. Il fallait une intelligence directe au palais des marbres de Kinshasa pour en finir avec Kabila le rebelle. Une fois encore Hervé Prévyl l'espère en infiltration s'en chargea. Il brouilla les enquêtes ouvertes et évidemment jamais la lumière ne se fit sur la mort de Joseph Kabila. Quelques boucs émissaires comme le colonel Edouard Kapenga qui exécuta Rashidi pour, dit-il, se venger de l'assassinat de son mentor Kabila, furent mis en cage bien et beau pour attiédir et masser l'opinion publique. Tout se tut. La vie se poursuivit tranquillement à Kinshasa.

Que n'avait-il pas dit au guide libyen? Le Club avait vu son projet de création de la monnaie unique africaine, assortie d'une banque d'investissement inter africain, comme une menace pour la survie du système de crédit occidental manifestement destiné à endetter et écumer le tiers monde. Prévyl avait prié le guide libyen de surseoir à cette aventure inutile, entendu que les Africains surtout sub-sahariens étaient ingrats ; prêts à monnayer leur opinion aux plus offrant. Il avait promis en retour les investissements colossaux dont le guide ne semblait pas avoir besoin. Le niet retentissant de ce dernier l'avait si ému qu'il commençait à élever, mal poliment, la voix lors de son tête à tête avec le colonel. Les amazones présentes, irritées par l'arrogance de Prévyl, l'avaient trainé par les couilles, jetées dehors avant de refermer bruyamment la porte. Prévyl était revenu au Château des Landres, bredouille. Quand deux semaines plus tard, l'insatiable bourreau, sayan atlantico-sionisto-sataniste de renommée internationale, Bertrand Alain Levy, qui avait déjà pacifié la Macédoine, la Serbie et le Kosovo, débarqua cols et cheveux blanc-argentés au vent, en jet privé avec ses mercenaires sur ordre de John Solos. Le guide n'avait plus de retraite possible. Il était cerné de toute part. Il tenta de s'échapper, dans une ultime feinte désespérée, vers le Niger. La route secrète du désert que son convoi emprunta fut coupée. Levy et ses hommes, appuyés par les forces aériennes de l'O.T.A.N, localisèrent le convoi en fuite du guide. Il fut d'abord capturé par les mercenaires Français sur ordre du Club. Ensuite, ils le livrèrent aux chiens enragés, ses ennemis jurés venus de Benghazi. Ces derniers le mordirent gravement avant de le cribler de balles dans la poussière. On égorgea atrocement ses enfants dans la pure tradition des islamo-racailles.

Au château des Landres, Bruno De la Chaumière lui avait répété les mêmes mots, et ce fut tout. Les impénitents leaders avaient été démis ou éliminés. Le Club ne rigolait jamais. Pauvre crétin de Koudou Kouakou qui ne semblait pas mesurer la gravité de son acte en refusant de brader les entreprises publiques, du reste en faillite. Il pourrait au moins éviter une guerre à son pays.

Hervé Prévyl savait une autre chose : que Daffi caressait secrètement le rêve de supplanter son filleul Koudou par un autre pantin plus docile. Daffi ne voulait pas la guerre dans son pays. Il voulait continuer à jouir de ses privilèges, de sa fortune colossale. Ces dernières années, Daffi avait poussé son poulain à accumuler les erreurs politiques pour le rendre impopulaire. Hervé Prévyl pensait aussi que l'entêtement de Koudou devrait, davantage, surexciter son « frère » Daffi à accélérer son plan de destitution. S'il avait proposé l'opposant Charles Kouassi dans la précipitation à De la Chaumière, c'était pour paraître avisé aux yeux de ce dernier car en réalité, il ne le connaissait que par les media. Il décida donc, avant son rapport à M. De la Chaumière, d'en parler à Jérôme Daffi qui se reposait ce jour, allongé sur un large pouf multicolore au bord de sa piscine. Il sirotait en ce dimanche après-midi, un onctueux nectar d'un *Marula Cream* Sud-Africain. Les majordomes alertes en uniformes et aux mains impeccablement gantées surveillaient ses moindres appels. Il fit décrocher son portatif et lança de bonne humeur :

- Twice! Comment va mon frère? Elle est sécurisée, ta ligne?

- Sécurisée bien sûr. Je t'appelle de mon portable...

- Alors?

- Ça ne va pas, ça ne va pas, Jérôme.

- C'est encore De la Chaumière?

- Yep.

- Je sais. Il ne me reçoit pas finalement, c'est ça?

- Qu'il ne te reçoive pas, c'est normal. Mais la nouveauté, c'est que Koudou part. Je n'ai rien pu faire. Désolé, Jérôme.

- Le verre de Daffi failli lui bomber des mains. Il le posa lentement sur la petite table à ses côtés et se redressa :

- Attends Hervé, ça vient de toi ou de Bruno De la Chaumière?

- Ça ne vient même pas de Bruno. C'est plus haut que ça. Ça vient de Solos, de John Solos. Solos mon frère... Je vous avais prévenus, toi et ton forcené de Koudou.

- Oh non! , souffla Jérôme Daffi. Mais, il part accompagné ou seul?

- Pas d'accompagnement prévu cette fois. On n'a plus confiance en l'armée. Bruno ne veut plus entendre parler d'un autre Papis Camara. Il part seul. Il démissionne ou il aura le feu aux fesses.

Jérôme Daffi parut quand même soulagé que son filleul ne parte pas, par un coup de botte de l'armée aux fesses. Il aura sans doute encore quelques jours pour le raisonner ou l'écarter en douceur. Ce qui, de toutes les façons, faisait partie de ses plans.

- Il part quand? , demanda-t-il au Français.

- Dans un mois.

- C'est impossible ça, un mois. Les présidentielles, c'est dans deux mois, Hervé.

- Ce sont les consignes, Jérôme. Ce sont les consignes. Il n'est pas candidat, il démissionne dans un mois.

- Il fait quoi Koudou en attendant?

- En attendant quoi? Je ne comprends pas.

- Bah, en attendant les élections.

- Tu me surprends Jérôme. Tu me surprends beaucoup. Il y a peu de temps, tu voulais te débarrasser de lui et là, tu en deviens le défenseur?

- Oui mais, c'est un peu brusque comme délai? Je ne pourrais même pas placer le prochain pion.

- Écoute Jérôme, oublie Koudou. Le Club parle de plus en plus de Kouassi.

- C'est qui ça? Kouassi?

- Kouassi, Charles Kouassi.

- Le jeune agitateur? L'opposant têtu? Mais, il ne connait rien cet enfant; sursauta Jérôme Daffi.

- On s'en fout au Club. Tu le sais. Tu le sais très bien. Il est populaire, ça marche. Et d'après nos sources, Il est de ton ethnie, puisque c'est ta plus grande crainte. C'est peut être l'un de tes nombreux enfants dispersés dans le pays. Vérifie un peu de ce côté.

Puis Hervé se mit à rigoler d'un sujet si délicat.

- Quoi? , refit Jérôme Daffi, choqué.

- Ça va, je rigole. Mais, vois si c'est jouable. C'est quand même le choix du Club. Coach-le, s'il le faut. Je te rappelle ce soir.

- « Koudou»! , soupira Jérôme Daffi qui s'attendait à pire depuis les négociations ratées avec son filleul Koudou Kouakou. Il lui téléphona sans attendre :

- Oui Jérôme ? , fit le président Koudou Kouakou au bout du fil.

- Koudou, tu nous as mis dans une merde impossible. Une grande merde.

- Quoi? Le Club encore?

- Oui le Club et toujours le Club, fit Jérôme Daffi sur un ton relevé.

- Alors?

- Alors, ils veulent ton départ. Et dans un mois. Tu te rends compte de ce que c'est? Un mois!

- Quoi d'autre? , interrogea le président sur un ton aussi distant que froid.

- Ensuite…heu… Tu ne peux pas être candidat pour les prochaines élections. Voilà. Avoue que tu l'auras cherché, Koudou.

Daffi eut brusquement un air ahuri, dicté par le calme qu'affichait le président Koudou Kouakou dans cette circonstance qu'il jugeait, pourtant, singulièrement intenable.

- J'ai été démocratiquement élu par le peuple; fit un président Kouakou, imperturbable.

- Mais merde à la fin! Qui te parle de peuple? Quel peuple d'ailleurs? Tu veux mourir pour ces gens lâches? Je parle du…

- Écoute Jérôme, pausa le président ; je suis assez responsable pour décider pour moi-même et pour mon peuple de ce qui est bon pour ce pays. J'emmerde ton Club de brigands.

- Tu es incroyable Koudou, incorrigible et bête, fit le mentor. Têtu comme une mule! Tu n'as pas idée de ce qui se prépare contre toi.

- Non, ce qui est incroyable, je vais te le dire. C'est que mon père spirituel, l'homme en qui j'ai mis toute ma confiance, M. Jérôme Daffi, s'allie à des mercenaires, des truands pour me forcer à brader les richesses de ce pays à coup de pistolet sur la tempe. Et qui tient la gâchette? Toi. Je sais que c'est toi. Voici ce qui est incroyable. Je t'emmerde et j'emmerde ton Club de cambrioleurs. À propos, je sais aussi pour Kouassi, je viens de l'apprendre comme toi.

- Koua…quoi? C'est qui Kouassi? , feignit Daffi.

- Kouassi. Charles Kouassi, le choix du Club; insista le président.

Daffi se tut. Son silence se tut.

- Allons Jérôme, ne fais pas l'étonné. Tu connais bien Kouassi…nous avons les mêmes sources tu sais.

Jérôme Daffi se troubla davantage. Il n'avait que quelques secondes pour se prononcer sur ce secret qu'il ne savait pas partagé. La fuite de cette information ne pouvait venir que du Club lui-même, se dit-il. Il se sentit trahi, pris à la gorge. Est-ce Prévyl? Cherche-t-il à opposer les nègres pour les diviser comme d'usage? Daffi usa de la méthode des hommes de mauvaise foi, en pareille situation, pour se tirer d'affaire : La colère.

- Koudou! T'es cinglé, toi. T'es devenu complètement fou? Koudou? Allo Koudou? , cria-t-il désespérément.

Le président avait déjà raccroché le téléphone. Jérôme Daffi tremblait de rage. Il se leva du pouf de cuir, rajusta son peignoir et ayant enfilé ses *sleepers*, il gagna l'intérieur de sa luxueuse demeure en toute hâte. En traversant le living, il n'arrêtait pas d'enchaîner les mots grossiers d'adolescents indignes d'une personnalité de sa carrure. Ce n'était pas la première fois que le président Kouakou lui raccrochait au nez. Mais cette fois était certainement la pire.

- Ne reste pas planté là. Je vais à la présidence. Et vite ; se déchargea-t-il sur un employé qu'il prit sans doute pour son chauffeur.

- HALTE! , fit le garde au premier check point du palais présidentiel. Son zèle en disait déjà long sur les consignes de ses supérieurs.

La silencieuse Mercedes Maybach S600 de Jérôme Daffi s'immobilisa sans insister.

- Papier! Ordre de mission, s'il vous plait; fit le garde avec un entrain qui surprend le chauffeur de Jérôme Daffi. Ce dernier baissa lentement la vitre arrière teintée pour découvrir son auguste visage et tenter d'intimider le soldat.

- Sais-tu qui je suis, soldat? , fit Daffi de sa voix grave.

- Je vous reconnais Excellence M. Daffi. Mais les consignes sont claires. Je n'ai plus le droit de vous ouvrir cette barrière. Consigne du général.

- Consigne du Général. Lequel?

- Je ne sais pas monsieur ; dit le soldat au garde-à-vous pour marquer son respect indéfectible malgré l'instruction de son général.

- Repos soldat et merci, fit Jérôme Daffi, amer.

Il remonta lentement la vitre de sa voiture et ordonna à son chauffeur de faire demi-tour. Il n'osa même pas donner un coup de fil à son poulain Koudou Kouakou. Il avait compris que ce dernier l'avait déclaré non grata à la présidence. Le seul général, patron de la garde présidentiel, c'était Paul Kukua. Il avait lui-même proposé ce troupier de degré mille fois zéro au président Kouakou qui le bombarda général après un stage arrangé à St Cyr d'où il sortit complètement recyclé par l'image de la prestigieuse école militaire. Il n'avait qu'un seul talent ; celui du sicaire. Un tueur né. C'est un tel arriviste qui lui ferme la porte du palais au nez.

« Tu es mort mon pauvre Koudou. » « Mort ! » finit par haleter Jérôme Daffi. « Et pour ça je ne peux plus rien faire ». « Mort!».

9. La marche (première partie)

*« Ses supporters le conduiront au désastre
Si ses adversaires ne lui montrent pas
L'ampleur des risques qu'il court »*
– WALTER LIPPMANN

François Gavana, leader du parti socialiste et ses attachés de presse trouvèrent ce jour le révérend président pasteur Charles Yassa et ses fidèles-militants en pleine étude politico-biblique. Dès que le révérend vit Gavana, adversaire du président de la République Dieudonné Baziana, le fils de Satan qu'il ne cessera jamais de combattre, il sut que le leader du Parti Socialiste avait quelque chose d'intéressant à lui proposer. Il se leva de son moelleux divan et cria:

- Alléluia! Que Dieu vous bénisse, fils d'Israël, fils d'Abraham.

- Amen! hurla la dizaine de fidèles ses côtés.

- Merci de me recevoir révérend, Dieu vous bénisse, fit opportunément Gavana en lui faisant une chaude accolade.

Les deux leaders prirent place.

- J'ai eu des échos, mon cher Gavana, de l'arrogance satanique du ministre Akassou au sujet de votre marche pacifique.

Gavana qui est de confession catholique est plus modéré que Yassa. Mais il se dit qu'à ces heures décisives, il faut peut-être écarter ses propres convictions et emprunter celles du révérend dont il veut le soutien politique.

- Alléluia! C'est une décision purement satanique, et vous avez raison, fit-il alors.

- Amen, renchérit Yassa!

- Mais, qu'est-ce que l'homme de Dieu peut faire pour vous?

- Voilà, je voudrais que tous les fils et filles de ce pays sortent lundi dans les rues du quartier du *Plateau* pour demander la démission de Baziana le dictateur, le voleur et le...

Il parut chercher quelque chose qui toucherait Yassa et ses chrétiens évangélistes de lieutenants qui l'écoutaient attentivement.

- Le voleur et le...
- Sataniste! Dit l'un des disciples zélés de Yassa.
- Ouais, « le sataniste », relança Gavana.
- Vous savez mon cher Gavana, dit Yassa, Satan tient vraiment lié ce pays. Il nous faut faire quelque chose pour le vider d'ici, lui et son agent Baziana. Ha, ce Baziana!
- Mais je souhaiterais que, pour donner plus de ton à la manifestation, on invite en plus de vos militants, les frères du Front Révolutionnaire d'Ali Assané.
- Arrière Satan!! Arrière!! Rugit soudain Yassa qui s'était brusquement levé. Jamais!! Jamais! La bible déclare que « tous ont péché et sont privés de la gloire de Dieu ». Le vicaire du seigneur, s'associer à Ali Assané, « le sataniste? » Vous rigolez, n'est-ce pas, mon cher Gavana? Vous plaisantez!

Puis il enchaîna la langue qu'on dit être celle des anges pour exorciser la parole « satanique » que venait de prononcer Gavana: « rococo-rocaca-rocaba-chidada »

Gavana savait que cette dernière proposition risquait de déranger l'alliance tactique qu'il envisageait avec le révérend Yassa. Aussi choisit-il de rectifier le tir.

- Toutes mes excuses pasteur, mais puis-je compter sur vous seul alors pour lundi?

Yassa se retourna vers ses lieutenants ravis. Il dit alors:

- Le Seigneur l'a visité; alléluia!
- Amen!

S'étant lentement rassis, il dit à mi-voix.

- Oubliez Ali-Assané, les musulmans et leur maître et je suis avec vous lundi.

Une lueur de félicité transfigura François Gavana. Il a le soutien de Yassa.

- Amen, dit-il.
- Mais mon cher Gavana, il vous faut également donner votre vie à Jésus.

Il m'a dit qu'il vous aime. Sans lui vous ne pouvez rien réussir.

Gavana, craignant qu'une autre proposition maladroite ne fasse changer d'avis le pasteur Yassa sur qui il comptait, décida de ne plus rien dire.

- Vous m'entendez? Il faut que je vous délivre des griffes de Satan.

Gavana croyant être cette fois dans le ton, dit alors:

- Je suis chrétien révérend, je suis chrétien catholique.

- Seigneur! Se récria Yassa. Mieux vaut être païen que catholique. Mais ce n'est rien, Dieu vous aime. Je vous délivrerai plus tard. Acceptez pour l'instant Jésus, le reste viendra.

Yassa s'était levé. Gavana savait que l'entretien était achevé. Se retirant, il dit: « que Dieu vous bénisse! Je donnerai plus tard ma vie à Jésus ».

- Amen! Que le seigneur vous accompagne.

※ ※ ※

Le président révérend pasteur Charles Yassa ne donne pas sa parole à n'importe qui. Cela, Gavana le savait. Mais lui Gavana, voulait un mouvement plus populaire, plus massif. Il lui vint l'idée d'infiltrer quelques sympathisants du Front Révolutionnaire des Originaires du Nord d'Ali Assané qui avaient aussi un réel ressentiment pour le régime Baziana. Gavana se mit en même temps à calculer l'ampleur de la réaction que Yassa pouvait avoir si ce dernier réalisait que les musulmans, sympathisants d'Ali Assané, marchaient à côté des « élus » du seigneur. Chose gravissime! Et il savait aussi que ce jour était bien dimanche. Et qu'il n'avait que cette demi-journée pour se résoudre à associer le Front révolutionnaire des originaire du nord. L'idée vint de l'un de ses conseillers. Il crut ce dernier. « Nous travaillerons avec le Front Révolutionnaire à une autre occasion; c'est mieux que d'avoir affaire à Yassa », décida-il alors.

Le lendemain dès sept heures du matin, le quartier des affaires de la capitale connaissait une atmosphère exceptionnelle. Des coups de sifflets, des coups de klaxons ponctuaient l'élan des deux mille marcheurs à la tête desquels se trouvaient François Gavana et le très célèbre président Charles Yassa. Les deux leaders se tenaient la main en tête de la marche. Ils étaient surpris de ne voir aucune force de l'ordre pour les encadrer. Dans les rues sans force de l'ordre, un autre monde affairé, vaquait à ses occupations. Ici sur les trottoirs, des touristes, caméras aux poings et appareils photos suspendues autour du cou, regardaient et filmaient l'impressionnant mouvement des marcheurs. Là, une autre foule de badauds préoccupés plutôt par leur pitance, échangeait des paroles avec le partenaire du jour.

La foule de marcheurs entonna quelques airs du terroir et avança vers la Place de la République où Gavana et Yassa allaient s'adresser à la foule. Mais toujours, pas la moindre trace de policiers.

La procession que dirigent Gavana et Yassa fonça résolument sur la Place de la République. Tantôt ce sont des « alléluia-amen! », tantôt des « Baziana dictateur! Baziana voleur! », qu'on entendait s'évader du gosier des marcheurs amers.

La Place de la République était là, noire de monde. On y a bâti un large podium de planches où se tenaient toujours la main François Gavana et Charles Yassa. Sur des banderoles agrafées au podium, on pouvait lire: *« libérez les journalistes incarcérés! »*, *« liberté de presse où es-tu? »*, *« Baziana doit démissionner! »*, *« Gavana président! »*, *« Arlette Baziana, prostituée »*, *« le pays est misérable et Baziana milliardaire »*, *« non à l'hégémonie de son clan »*.

Gavana à qui quelqu'un tendit un mégaphone nasillard prit aussitôt la parole:

- Je salue les frères et sœurs du révérend Yassa!!
- Amen! Alléluia!!
- Je salue les inlassables combattants de la liberté du Parti Socialiste!!
- Hourra!! Hourra!!
- Camarades militants, y'en a marre!!
- Y'en a marre!! Y'en a marre!! Y'en a marre!!

Gavana dut lever le bras pour calmer la foule euphorique qui commençait à transformer l'expression de son ras-le-bol en refrain.

- Nous sommes prêts à faire face au fusil de Baziana.
- Baziana démissionne!! Baziana démissionne!!
- Quand nous aurons fini, nous irons à la présidence chez Baziana lui demander de libérer nos journalistes et rendre les clés du palais.
- Baziana dictateur!! Baziana dictateur!! Reprit une foule pleine de fougue.
- Pouvez-vous accepter de vous faire diriger par des voleurs?

- Baziana voleur!! Baziana voleur!!
- Pouvez-vous accepter de vous faire diriger par des putes?
- Arlette prostituée!! Arlette prostituée!!

Quand il voulut souffler, au bout de quelques minutes de venimeuses invectives contre Dieudonné Baziana, sa famille et ses collaborateurs, Gavana tendit le micro au délégué du Christ. Dès que le président révérend pasteur Charles Yassa monta à son tour sur le podium, l'esprit s'était déjà fait maître de la foule qui remuait, exultait, chantant des cantiques à l'Éternel. Ce ne fut qu'au bout d'une dizaine de minutes que Yassa put crachoter quelque chose dans le mégaphone.

- Alléluia!! Gloire au Dieu d'Abraham!! Dieu d'Israël!!
- Amen!! Alléluia!!
- Frères, le temps est venu, le temps est venu pour la gloire de l'Éternel!
- Alléluia!!
- Le démon est acculé, il n'a plus de retraite possible. Baziana est fait comme le rat qu'il est.
- Alléluia!!
- Satan et son disciple Baziana seront terrassés.

Et les militants de Yassa d'enchaîner le refrain dit du combat:
- Plus haut, plus haut, plus haut, Jésus est plus haut!

Plus bas, plus bas, plus bas,

Satan est plus bas!

Plus haut... plus haut...

Jésus est plus haut

Plus bas... Plus bas...
- Frères, coupa le pasteur; nous allons prier pour la chute du démon et de son agent Baziana. Fermons les yeux et prions.

Toute la foule de marcheurs, les païens dans les rangs de Gavana y compris, se mirent en position de prière. À cette heure, il fallait faire des concessions. Tout ce qui était susceptible de permettre le renversement de Dieudonné Baziana, l'ennemi juré, devrait être pris au sérieux. Il ne fallait rien négliger. Même si on n'était pas du parti de Yassa, il fallait quand même prier leur Dieu, car ne savait-on jamais d'où pouvait venir cette grâce qui ferait mordre la poussière à Baziana. Il fallait immédiatement prier.

- Frères et sœurs, je dis fermons les yeux et prions; je constate que certains ont encore les yeux ouverts.

Bien sûr, lui Yassa avait ses yeux fermés, mais l'esprit de l'Éternel lui permettait de voir ceux des quelque deux mille marcheurs à cette Place de la République, qui avaient les yeux ouverts.

- Seigneur, poursuivit-il, tes enfants sont là. Ils te demandent de te souvenir de la promesse que toi-même leur a faite. Tu as promis de leur donner le pouvoir afin que ton nom soit glorifié par tes vrais adorateurs. Tu as promis de terrasser Satan et son agent Baziana qui nous conduisent droit en enfer!! Manifeste-toi maintenant, seigneur, manifeste-toi, Rabata- cocococorida, cocochiba- Ratacacaracha!! Alléluia?!

- Amen!!

- On acclame Jésus!

La prière arracha un puissant tonnerre d'applaudissement.

François Gavana qui se tenait juste derrière Yassa commençait à penser que le pasteur se croyait au temple. Toute la foule le vit cracher, en indiquant sur le cadran de sa montre-bracelet, quelque chose à l'oreille du révérend.

- Tous à la présidence!! Lança ce dernier.

Et l'incommensurable assemblée de se déporter à la présidence, distante de la Place de la République d'environ cinq cents mètres.

La Présidence de la République se garde jour et nuit. Tel n'est pas le cas de la Place de la République où tout le monde peut effectuer une balade. Ils étaient là, les gardes républicains. Fusils aux poings. N'attendant, comme à leur habitude, que l'ordre pour passer à l'attaque. Mais ils n'en ont pas encore reçu. Alors ils se tenaient là, dans leur coin. Cependant ils avaient l'air menaçant. Le gigantesque portail-grille derrière lequel quelques-uns se tenaient était hermétiquement fermé. Gavana, Yassa et leurs militants ne semblaient pourtant pas impressionnés par les armes automatiques des soldats. Bientôt, ils touchèrent le portail-grille. Cette fois ils s'entendirent aboyer un « Halte!!» retentissant qui ramollit quelque peu leurs ardeurs. François Gavana joua des coudes pour passer devant. Il transpirait abondamment. Sa chemise était complètement trempée. Il sortit un torchon de la poche de son pantalon et se nettoya le buisson odorant des aisselles humides, puis le visage arrosé. S'étant mouché dans ledit torchon qu'il rangea délicatement pour plus tard, il lança au garde:

- On veut voir Baziana.

- Qui est Baziana? Fit ce dernier.

- Tu ne connais pas Baziana? Dieudonné Baziana? Le soi-disant président de la République?

- Non, mais vous croyez que je devrais?

Entre-temps, la foule qui avait complètement débordé sur le Boulevard de la République, scandait: « on veut voir Baziana!! On veut voir Baziana!! »

- Tu ne connais pas Baziana? L'abruti que tu gardes?

Le garde ne disait plus rien; mais pas le leader socialiste qui, devenant de plus en plus bavard, relança :

- Si tu ne connais pas Baziana, je devine bien ce qui est dans ton crane vide.

- Ha oui? Et puis-je savoir ce qui est dans mon crane? fit le garde un peu amusé.

- Du pur coton et pas un brin de cervelle! Maintenant ouvre ce portail.

Entre le garde et Gavana qui se tenait dehors, deux bons mètres. Le soldat, feignant de n'avoir pas entendu le mot ironique de Gavana, se rapprocha du portail-grille. Il s'y prit avec un ton plaisant et plein de cette manœuvre de diversion dont seul un bon soldat républicain connaissait le secret. Il sourit et demanda.

- Pardon? Vous avez dit monsieur?

- Tu écoutes bien cette fois mon grand. J'ai dit si tu ne connais pas Baziana le voleur c'est que tu...

Il ne parviendra pas à terminer sa phrase qu'un ardent coup de crosse lui foudroya le museau collé à la grille. Gavana fut projeté derrière et ne manqua de tomber que grâce aux militants qui se tenaient en appui dans son dos. Mais une abondante coulée de sang inonda sa bouche d'où s'échappait un gémissement étouffé par tant de douleurs. Il s'affaissa, s'écroula. Ses quatre incisives supérieures avaient quitté sa mâchoire. Il était groggy. Sa lèvre inférieure fendue, sa poitrine rouge. Deux militants le traînèrent sur le bitume pour l'écarter de la mêlée. Le garde, lui, se tint serein de l'autre côté du portail-grille. Quelqu'un cria: « *On a assassiné Gavana!! Gavana est mort!! Une ambulance s'il vous plaît!!*». On traîna le leader du Parti Socialiste pour l'évacuer d'urgence. Il semblait avoir perdu connaissance. À sa vue, ses inconditionnels s'enragèrent davantage.

Grand Dieu! Quel désordre! Que de piétinements, que de bousculades! Alors, Yassa, le poing levé, dit à la foule:

- Tout le monde devant!!

Les militants ramassèrent des pierres, des débris de pavés qui bordaient les parterres gazonnés, brisèrent les chevrons des banderoles et se lancèrent à l'assaut des vitrines. Des projectiles partaient de partout, les vitres des magasins de luxe volaient en éclats. La furie des militants était intenable. Les badauds, les commerçants, les touristes couraient dans toutes les directions. Les coups de klaxon s'accentuèrent. Bien vite, d'interminables bouchons se créèrent. Tout le monde voulait quitter au plus vite le quartier des affaires.

Soudain la police débarqua. Les sirènes stridentes accentuèrent la panique. Les bombes lacrymogènes partaient dans toutes les directions. Les vendeuses de friandises installées sur les trottoirs rangèrent ce qu'elles pouvaient et se cherchaient dans la confusion générale. Les autobus, les voitures personnelles et les taxis alertés avaient modifié brusquement leurs trajets. Il fallait absolument éviter le quartier des affaires. Résultat, au bout d'une quinzaine de minutes, les marcheurs n'avaient plus de moyens de transport pour évacuer les lieux. La police qui en avait encerclés, les cueillaient par dizaines, non sans leur avoir endolori les côtes à coups de rangers et de matraques. Le désordre était indescriptible, la confusion, totale. Les gens gisaient partout, des sandalettes coupées, des casquettes, des pagnes de vendeuses, des chapeaux, des lunettes cassées, des thermos de bonbons glacés brisés, des portefeuilles, des briquets et bien d'autres gadgets traînaient sur le sol. Tout ceci mêlé de voleurs, de pickpockets que cette confusion venait d'exciter. Pour ne pas se retrouver dans le camion des policiers, il ne fallait pas se trouver sur leur chemin.

L'un des policiers pêcha certainement le plus gros morceau. Il se saisit du président- révérend-pasteur Charles Yassa. Le policier le traîna sur le sol. Ses collègues venus l'aider le passèrent proprement à tabac. Le captif avait la bouche pleine de sang et l'œil gauche mi-clos. Il avait perdu connaissance. Le policier cria à ceux qui déjà étaient entassés dans le fond d'un camion :

- Poussez-vous, fils de sans couilles!

D'un bond énergique, le policier grimpa dans le camion. Il balança sa matraque. Une tempe l'amortit. Il enfonça ses godasses dans quelques côtes. La place qu'il voulait se fit. Il redescendit et, ayant empoigné Yassa affalé sur le sol, le balança brutalement dans le camion avant de refermer la porte.

❀❀❀

Dès le lendemain mardi matin, les «titrologues » de la capitale -comme on nommait ceux qui ne se contentaient que de lire les titres- se ruèrent sur les kiosques à journaux. Très peu de personnes achetaient les journaux. On se contentait de jeter un coup d'œil sur les premières pages pour en deviner le contenu. Mais prenez garde de vous risquer à engager un débat politique avec ces « titrologues » autour des sujets qui étaient développés dans les journaux. Nul ne pouvait leur tenir la cheville pour ce qui était de débattre des choses qu'ils savaient le moins. Ils y excellaient. Moins ils savaient une chose, mieux ils en parlaient. Sur quelques titres on pouvait lire: *« Baziana assomme Gavana »*, *«Gavana dans un coma »*, *« Gavana est presque mort»*, *« Gavana est mort »*, *«Baziana hait la patrie »*, *«Yassa, l'homme de Dieu, est mort »*, *« Baziana défie ouvertement Dieu »*.

Ce qui était devenu le sujet principal de toutes les conversations allait inspirer d'autres réactions. En effet, les sympathisants du docteur Ali Assané, infiltrés dans la marche de Gavana et de Yassa, et dont quelques-uns se trouvaient dans les geôles de la police, décidèrent de passer à l'assaut final. Mais pendant qu'ils s'affairaient délicatement à leur assaut final, la police et le tribunal des flagrants délits avaient décidé de leur infliger une riposte bien fatale.

❀❀❀

Il était treize heures, la marée humaine s'était déportée au quartier des affaires où le tribunal des flagrants délits, qui se tenait ce jour, faisait l'objet d'une surveillance exceptionnelle. Depuis l'aube, la police avait quadrillé les environs du palais du tribunal. Quelques militants d'Ali Assané de

Yassa et de Gavana avaient menacé d'empêcher ce qu'ils croyaient être un procès politique.

La réputation du juge Samuel Nogo, la cinquantaine, la calvitie respectable, était établie. On le disait ami de Baziana, ex-ami d'Ali Assané et ennemi actuel des opposants. C'était l'intraitable adversaire des casseurs. Il allait décider du sort de la quarantaine de militants du Parti Socialiste, du Front Révolutionnaire des Originaires du Nord et du Parti de Yassa. Il affichait un air amusé dès l'ouverture de séance.

Retranché derrière son immense table, il passa un quart d'heure à murmurer un discours incompréhensible au procureur de la République assis à sa droite. Il jeta un regard de dédain aux prévenus qui avaient envahi les locaux. Dans le public où ils se tenaient, les bouillants membres du Parti de Charles Yassa dont l'œil gauche était étouffé par un sparadrap humide, jaunâtre. Il en suintait encore un liquide pâteux.

- Et voilà! Le serpent se mord désormais la queue?! Fit le juge à l'endroit des membres du Front Révolutionnaire d'Ali Assané.

- Patlon, moi, c'est n'est pas dedans d'abord; tenta de se défendre sans y avoir été invité, un militant quelque peu lettré du Front Révolutionnaire.

- Vous n'y êtes pour rien, dites-vous? Et qui a cassé? Qui a incendié? Qui a agressé les forces de l'ordre?

- Cé qué zé connais, c'est prou masser de paix, zé n'a pas prou sentier casser, sendier tout ça-là; zé n'a pas prou connaître aucun.

- Ah oui? Monsieur dit qu'il est venu marcher pacifiquement... et non pour casser... pour incendier... Monsieur nie tout bien sûr... et ne sait pas qui a cassé à cette marche du reste interdite. Saviez-vous qu'elle était interdite, la marche?

- Zé n'a pas prou connaître.

- Vous ne le saviez pas... Figurez-vous que je n'en suis pas très surpris!? Et pourquoi marchiez-vous?

- Zé massé prou Ali Assané.

- Ouais, le docteur Ali-Assané...

- Et comment vous appelez-vous?

- Zé t'appélé Soula Oulé.

- Attendez que je consulte le dossier... Soula, vous dites bien?!

- Oui patlon.

- Voilà j'y suis. Soula Oulé, de nationalité nigérienne, né vers 1968, célibataire, père de trois enfants, c'est ça?

- Oui patlon.

- Et que fait l'aimable Nigérien dans une marche qui est l'affaire des citoyens de ce pays?

- Zé né ici.

- Oui je sais, c'est écrit là dans votre dossier, vous êtes bien né dans ce pays.

- Zé travaillé prou le pays dépi longtemps, mon papa, c'est travaillé aussi prou le pays touzou longtemps.

Le juge Samuel Nogo descendit lentement ses lunettes sur le bout de son nez, il semble dépassé par ce qu'il entend; mais gagnant vite les hauteurs, il demanda sereinement:

- Et alors?

- Alors tout mon zenfants c'est né ici.

- Et alors? Mais encore?

- Et alors zé massé prou le pays.

- Savez-vous qu'il est interdit aux étrangers de faire de la politique dans ce pays?

- Moi zé n'a pas tranzé, zé dis bien bon qué zé né ici, tout mon zenfants, mon papa c'est travaillé ici dépi touzou.

- Et comme monsieur est né dans ce pays, et qu'il a travaillé pour ce pays, il devient national...et ça l'autorise à faire de la politique.

- Oui patlon; fit le prévenu, imperturbable.

Le magistrat secoua la tête. Il savait que beaucoup d'étrangers se sont fait amis du docteur Ali Assané, parce qu'ils étaient convaincus que l'administration de Baziana les renverrait un jour.

Ayant longuement considéré l'ignorant parfait qui venait ainsi de confesser de façon flagrante sa méconnaissance des lois, il dit:

- Comme c'est étrange!

- Zé di zé si pas tranzé! Se récria le prévenu, embêté qu'on le traite d'étranger.

Le juge n'était point surpris. Il savait que les étrangers nés sur le territoire national étaient très nombreux. Ces derniers ne savaient pas que dans leur cas, la nationalité leur était donnée sur simple demande à leur majorité pénale. Il savait aussi que les étrangers en majorité analphabètes ignoraient que la loi les autorisait à obtenir une naturalisation en bonne et due forme après un séjour permanent de quinze ans sur le territoire. Il savait que ce n'était pas le docteur Ali Assané qui leur donnerait la nationalité comme ils en étaient curieusement convaincus. Tout cela, il le savait. Mais il avait grand'peine à croire que quelques années seulement plus tôt, dans ce même palais, il condamnait sous ordre du Premier ministre d'alors Ali Assané, les militants du Parti Socialiste; à l'issue d'une marche similaire. À cette époque, le Parti Socialiste de Gavana n'avait pas encore d'alliance avec le Front Révolutionnaire des Originaires du Nord d'Ali Assané.

- Très bien. Qui d'autre est innocent? Fit encore le magistrat.

Puis le juge Samuel Nogo promena son regard dans l'attroupement des prévenus qui lui faisaient face. Il aperçut au milieu de la mêlée un prévenu qu'il crut reconnaître. Ce dernier, marmonnant quelque chose, comme priant.

- Mais tiens, regardez qui là se tient. Le fils de Dieu lui-même. Révérend Yassa, qu'avez-vous à dire pour votre défense? On m'a dit à l'instruction que vous ne vouliez d'avocat pour personne...

- ?

- Qu'avez-vous à dire pour votre défense? Reprit vivement le magistrat.

- ?

Tous les militants, vers le président révérend pasteur Charles Yassa, s'étaient retournés. Le pasteur murmurait toujours sa prière.

- Dites quelque chose mon révérend, le supplia à voix basse l'un de ses militants.

Alors soudain, Yassa cria:

- Car tous ont péché et sont privés de la gloire de Dieu!... Je punis l'iniquité des pères jusqu'aux ultimes générations!... La vengeance est mienne... Les nations m'ont refoulé mais la pierre que refuse le bâtisseur deviendra la pierre angulaire... Vanité des vanités, tout est vanité... Car, pas un seul juste ne se trouve sur cette terre. Rabata-chococo Ripapa ripopo tipo tipa tipo... Alléluia!!

- Amen!! Fit le chœur à ses côtés.

Le magistrat jeta un regard interrogatif au procureur de la République ahuri qui ne comprenait manifestement rien à la plaidoirie du prévenu Yassa.

Il se pencha doucement vers le délégué du ministère public et lui demanda à mi-voix:

- Croyez-vous qu'il soit sain d'esprit, ce Yassa?

- J'en doute fort.

Revenu à Yassa qui s'est tu, le juge Nogo reprit:

- Est-ce tout révérend?

- ?

Yassa était silencieux, tête baissée, rêveur. Le juge revint à la charge:

- Révérend!?

Et Yassa, pointant son doigt en direction du juge, d'enchaîner:

- Tu es l'esprit malin, je te reconnais, sors! Sors de là! Tu es fait Satan. Montre-moi ta gueule Belzébul, je serai clément envers toi. Sinon je t'expédie dans les régions arides. Montre-toi, montre ta gueule, montre ton cul, sors, sors de là! Haut les mains Satan! Tu vois que je dis vrai... mon petit... t'es fait, rends-toi, Satan!! Rococo Richadada Tipa Tipa Tipo Tipo.

Un silence, un profond silence gouverne la salle de séance. Les magistrats croyaient rêver. Ils ne connaissaient le révérend Yassa qu'à travers la presse. Mais là, ils venaient d'être servis.

Au bout de quelques petites minutes, le procureur de la République, las des égarements indéchiffrables de Yassa, fit son réquisitoire. Le juge Samuel Nogo le suivit et confirma les peines.

Trois ans d'emprisonnement fermes assortis de cinq cent mille francs d'amende à chacun des prévenus.

- La séance est levée!

10. La marche (deuxième partie)

En règle générale des gens dorment paisiblement dans leur lit,
Parce que d'autres hommes intrépides se
tiennent prêts à l'action pour les défendre
– GEORGE ORWELL

Sur son lit d'hôpital, François Gavana que sa femme Sidonie, leurs enfants et quelques amis assistaient, ne put dès les deux premières semaines d'hospitalisation, faire correctement usage de sa bouche. Ses incisives enflées, points de sutures aux lèvres, il ne communiquait que par gestes de la main. Mais il parvint progressivement à articuler quelques mots simples. Dès la quatrième semaine, il avait presque retrouvé sa verve. Et ce, dans son plus grand intérêt; car le moment semblait venu de porter l'estocade à Baziana.

Ce jour-là, ses conseillers politiques qui se tenaient seuls à ses côtés voulaient lui faire une excellente proposition. Martin Kolo son conseiller politique lui dit alors:

– Gavana, il nous faut attirer sans plus attendre l'attention de la communauté internationale et celle de toutes les forces vives de la nation. Seuls, nous ne pouvons rien contre ce Baziana.

– C'est vrai, mais n'oublie pas que notre deuxième axe, c'est la grève à l'université...

– Oui bien sûr, mais pour l'instant ça doit attendre.

– Et c'est pour quand?

– Écoute Gavana, les remous à l'intérieur du pays, c'est très facile à faire. Ne t'en fais pas. Il faut penser à ceux qui donnent l'argent à Baziana. Et c'est avec cet argent qu'il fait le malin. Pense à la France, aux États-Unis, à l'Angleterre... Une fois qu'ils se seront fâchés, le peuple suivra.

François Gavana était plein de doute. Il demanda:

- Et s'ils ne se fâchent pas? Il y a longtemps que Baziana et ses frères pillent les caisses. Et tes Français, tes Anglais, tes Américains ne réagissent toujours pas.

- Cette fois, ils réagiront.

- Et pourquoi cette fois?

- Nous sommes là, avec un photographe que voici. Il faut qu'il te...

- Me photographier? Ça ne nous servira à rien, en plus je suis guéri ou du moins presque, coupa Gavana.

Le chef du Parti Socialiste s'attendait à quelque chose de plus grand, de plus sévère pour compromettre et humilier Baziana dont il ne rêvait que de se venger après ce que ce dernier et son garde républicain lui ont fait subir.

- Gavana, écoute d'abord! Ça peut être intéressant; reprit le conseiller.

Le conseiller fit un geste de la main et le photographe sortit de son sac, son objectif et une chaîne en acier fait de gros maillons. Une grosse chaîne comme on en voit au cou des esclaves dans les films qui retracent la traite négrière. Il en retira également un uniforme treillis de la garde républicaine et une matraque.

- Et alors? Qu'est-ce que c'est ce folklore? Fit encore Gavana, surpris.

- Voilà, j'explique. On te passe la chaîne aux poignets et aux chevilles... on te remet le volumineux pansement sur la bouche... quelqu'un met l'uniforme, prend une mine de guerre et se place au chevet du lit... il fait le garde, la matraque à sa ceinture, comme te surveillant... et le flash est lancé... c'est tout. La photo fait le tour de l'Europe, de l'Amérique et tu verras l'effet que ça va faire, une vraie bombe cette photo.

- Génial! Génial! Tu es vraiment génial, Martin. C'est vraiment ce qu'il nous faut. Mais il y a quelque chose qui manque, dit Gavana.

- Quoi donc?

- Un fusil pour le garde à mon chevet.

- Figure-toi qu'on y avait pensé. Mais c'est trop risqué de se promener avec une arme par ces temps, on arrangera ça à l'ordinateur.

- Sacré Martin! Tu me surprendras toujours, dit un Gavana ivre de joie.
- Bon ça va, on y va!

❂❂❂

Il était presque neuf heures du matin. C'est pourtant assez tôt pour que la foule de « titrologues » s'attroupe devant le « kiosque à journaux » le plus animé de «Sicobois», l'un des quartiers précaires de la capitale. À cet endroit, les passionnés de politique venaient au quotidien jeter une simple œillade sur les titres des multiples journaux. Ces champions de la lecture de titres, disons ces "titrologues", sont ce jour en nombre plus impressionnant que d'ordinaire. Et pour cause: tous les journaux de l'opposition et la presse internationale avaient en première page la pittoresque photo de François Gavana accompagnée de titres ronflants et bavards.

« *Baziana, le négrier moderne* », « *Baziana met Gavana en cage* », « *Baziana veut la guerre!* », « *Baziana ressuscite l'esclavage* », « *Gavana dans un mouroir de la présidence* », « *Gavana dans un camp de concentration néo nazi*».

- Non mais…voyez-vous comment Baziana traite l'opposition? Interroge un « titrologue » dans la foule.
- Ouais, comme du bétail, répond un autre.
- C'est proprement incroyable! Regardez vous-mêmes cette photo, est-ce comme ça qu'on traite un être humain? reprend le premier lecteur de titres.
- Il faut que le peuple lui montre qu'il n'est pas indispensable à ce pays. Au contraire lui et ses acolytes sont l'obstacle à l'instauration de la vraie démocratie dans ce pays.
- Moi, je ne suis pas d'accord! rétorque un autre lecteur.
- Qu'est-ce que tu dis, toi ? fit un autre, indigné.
- Je dis : « à comportement de mouton, réaction de berger! ». Baziana a raison d'enchaîner tous ceux qui cassent, qui se comportent en animal! Quelle démocratie peut-on installer dans un troupeau de casseurs?

- Qui a cassé à la marche des démocrates? Ce sont les policiers et les militants de l'Union Démocratique infiltrés dans nos rangs.
- Menteur!
- Ouais, je suis peut-être un menteur mais pas du tout un esclavagiste.
- Le salaire de la casse, c'est la prison! Et c'est bien fait.
- Mon frère, on sent que tu es de l'ethnie du président et forcément de l'Union Démocratique.
- Et alors? Toi, ton tribalisme saupoudré de socialisme pue à distance.
- Et moi, je dis que tu es con d'être chez ces voleurs!
- Toi et ton imbécile de Gavana, vous êtes bons pour torcher les arrières des unionistes. Ton Gavana est crasseux, il ne sera jamais président tant que nous serons là.

Cette injure fut amplifiée par les rires sarcastiques des unionistes. Cela enragea naturellement le socialiste qui dit:
- Écoute, je te conseille de parler de Gavana sur un autre ton. Moi, je ne tarde jamais, tu m'entends, je ne tarde jamais à casser la gueule des abrutis de ton genre.
- Qui est abruti? Ton père ou ta minable mère?
- Ha, ha, ha, reprirent les rieurs.
- Attention, je dis que je ne tarde pas! Tu entends?
- Eh bien va te faire foutre.

Avant que le sympathisant de l'Union Démocratique ne le réalisât, le supporter de Gavana avait déjà jailli de la mêlée. L'effet de son coup de poing fut foudroyant. L'unioniste s'affala. Et la foule de « titrologues » de se remuer. Bien vite les unionistes se solidarisèrent. Des socialistes vinrent en renfort. La bagarre se généralisa. On ramassa des pierres et on les balança contre les crânes. On brisa la large planche sur laquelle étaient agrafés les journaux et on en fit des armes. On mit les journaux en miettes.

Une sirène déchira soudain le brouhaha de « Sicobois ». Les bagarreurs se dispersèrent précipitamment dans les interminables couloirs et labyrinthes du bidonville pour échapper à la police.

Ce jour-là, ni Baziana qui couché chez lui sirotait sûrement un onctueux nectar de *Laurent Perrier*, ni Gavana qui se reposait sur son lit, ne savaient qu'une bagarre a eu lieu à « Sicobois ».

Le lendemain, la presse de l'opposition repartit à la charge: « *Ils lisent des journaux de l'opposition, Baziana lâche sa milice à leurs trousses* », « *Atteinte aux droits de l'homme: La police impitoyable à « Sicobois »*, « *Baziana méprise les pauvres des bidonvilles* ».

❁❁❁

Vous m'avez pourtant dit que Gavana était en liberté...

- Oui bien sûr, votre excellence.

- Et ça? Qu'est-ce que c'est?

Dieudonné Baziana tendit son bras vers la commode qui jouxtait le fauteuil où il s'est enfoncé. Il tendit le journal à Gaston Akassou, son ministre de la sécurité. En première page de *Liberté*, le célèbre hebdomadaire international à scandales, une pittoresque image : François Gavana, leader du Parti Socialiste enchaîné comme un esclave au fond d'un négrier, en plein océan atlantique.

- Excellence, je suis autant ahuri que vous de voir cette image, il est pourtant, à l'heure qu'il fait, à la Polyclinique Sainte Thérèse de l'Enfant Jésus.

- C'est exact; fit Dieudonné Baziana, placide. Le journal le confirme, mais pourquoi est-il enchaîné dans cette clinique ? Pourquoi ?

- Votre excellence, je n'ai délégué personne le surveiller à l'hôpital, et je ne vois aucune raison de le traiter de cette sorte.

Le ministre Akassou de la sécurité intérieure était complètement dépassé par cette information. Il regarda fixement la photo de couverture. Il était convaincu que c'était forcément le résultat du zèle d'un policier.

Dieudonné Baziana secoua lentement la tête et dit fort doucement.

- Dites-moi, en définitive avez-vous découvert qui a autorisé la marche de Gavana? Vous avez promis de me le révéler...

- Votre excellence l'enquête est en...

- Mon cher Akassou, vous accumulez là deux fautes très graves qu'on ne peut expliquer que par le mauvais fonctionnement de votre équipe...vous en convenez.

Cette dernière remarque du président, le ministre Akassou la commenta en son for intérieur. Il pensa à un éventuel remaniement ministériel, il se vit débarqué du Gouvernement. Il fut subitement déprimé.

- Votre excellence, je demande un délai supplémentaire pour boucler ces deux affaires.

Baziana qui parlait sans le regarder, se retourna vers lui et dit avec un sourire qui détendit le ministre:

- Mais, mon cher Akassou, pensez-vous qu'il puisse s'agir d'une taupe infiltrée dans les rangs du parti?

Subitement le visage du ministre Akassou s'illumina. Il n'avait jamais pensé que l'extrême vigilance dont il a toujours fait montre et qui lui a toujours valu d'occuper son poste de la sécurité intérieure dans les divers gouvernements de Baziana puisse produire de telles forfaitures. S'il avait sincèrement douté de son dispositif de sécurité, il avait toujours suspecté une main occulte dans cette affaire; il fut heureux que la suggestion vînt du président lui-même.

- C'est fort possible; avoua-t-il.

- Allez, vérifiez plutôt de ce côté, je suis sûr que ça donnera quelque chose. Détendez-vous, qu'est-ce que ce sera? Du whisky? Du rhum?

- Je prendrais bien un peu de rhum, excellence.

- Servez-vous.

Le président Baziana, ajouta:

- Savez-vous qu'Ali Assané a décidé de retourner les étrangers contre nous?

- Oui excellence, la police en a arrêté quelques-uns lors de la casse de Gavana.

- C'est ça, Ali Assané ce n'est pas juste et ces étrangers sont ingrats; heureusement pas tous.

Le ministre Akassou que la conversation et l'eau de vie étaient en train de griser, délia sa langue et fit bientôt montre de zèle. Il parlait maintenant avec de grands gestes pour appuyer les remarques de son patron.

- Ils sont vraiment ingrats, vous dites vrai. Des gens qui étaient juste bon pour vendre du fonio à la gare routière et garder les bœufs, de simples pêcheurs, qui n'avaient que le cola et le thé au dîner... sous leur tente... au désert... Les voici devenus par miracle politiciens dans ce pays... repus qu'ils sont. Ha, que c'est méchant!

Le ministre était vraiment dégoûté. Dieudonné Baziana lui jeta un regard amusé. Il attribuait cela à l'effet magique du rhum qui venait de libérer le subconscient poreux de son ministre.

- Excellence, nous devons contenir ces étrangers au plus vite, nous devons les...

Baziana sentait la fatigue et le sommeil le gagner. Il dit à son ministre:

- Akassou, bouclez vite, je vous prie sur ces deux affaires et ouvrez bien l'œil sur tout ce qui se trame autour de nous. Il faut que je me repose. Bonne nuit.

- Le ministre Akassou vida son verre d'un trait et se leva.

- Bonne nuit, excellence.

11. Kabaforo

La métropole l'a dépêché dans la colonie
Pour laver, décrasser, écroûter,
dégraisser, blanchir les nègres;
bref les transformer en êtres humains

À trois cent kilomètres de la capitale, Kabaforo, fief du peuple Djakouni où la tradition se pratique encore dans sa plus grande pureté. Là-bas la priorité, ce n'est pas le travail de la terre mais le fétichisme et la sorcelleric qui passent pour être la nourriture de tous les bébés. On y a toujours pratiqué la sorcellerie pour se détendre, pour régler ses comptes personnels, pour punir un homme qui a réussi ou qui donne à voir qu'il aime, plus que les autres, le travail. On a aussi recours au fétiche pour se défier simplement.

Kabaforo est aussi la communauté dans laquelle, si on en juge par les rapports du chroniqueur européen, l'entreprise coloniale a complètement échoué. Le gouverneur Français Anatole Poiriot, administrateur général de la colonie, ne manquait pas de qualificatifs sévères à son sujet. Il disait tantôt dans ses rapports à la métropole: « *Monsieur le ministre des colonies, avec ces Djakouni de la région de Kabaforo, nous perdons notre temps...ces gens sont des incivilisables...des animaux intégraux...des cousins de grands singes et ce n'est pas assez fort...* ». Tantôt il disait: « *la lie de la race noire... les fainéants complets...la négraille dégénérée...la punition du ciel à la terre* ».

Devant leur inadaptation quasi-génétique aux innovations que leur proposait le colon, celui-ci se fâcha. Le refus de l'école, le taux record d'échec scolaire pour les quelques rares éclairés qui sentaient la nécessité de l'école, leur refus de pratiquer l'agriculture alors même qu'ils occupaient la partie la plus forestière du territoire national, leur farouche enracinement dans une culture dont lui, le colonisateur, ne pouvait point suspecter la portée. Leur refus d'utiliser la pompe d'hydraulique villageoise, accoutumés qu'ils étaient depuis des temps immémoriaux à l'eau de roche et des marigots... C'était trop grave tout ça! Le colon, fâché, décida d'ôter de Kabaforo, toutes les infrastructures modernes. « Ces Djakouni, sont des sauvages qui ne méritent pas tant de luxe; et il faut bien ôter du ventre cupide de l'oisif, le produit des mains qui travaillent. Heine[1] avait raison ».

On raconte qu'un policier sudiste, fraîchement sorti de l'école de police fut affecté sur sa propre demande à Kabaforo. Dès le jour où on lui épingla les épaulettes à l'endroit, Rigobert Banda, le policier zélé, se dit que son heure était venue. Celle de civiliser définitivement Kabaforo. « Je réussirai à dresser ces sauvages là où même le colonisateur Poiriot a lâchement échoué ». Il aurait du succès là où la frousse des uns, la fainéantise des autres n'ont pu réussir. « Ils s'y sont rendus, ces soi-disant agents de l'ordre, ayant usurpé leur grade, salissant la noble corporation des policiers, dégradant l'image de l'État. Et dire qu'ils avaient promis lors de leur prestation de serment, de servir en toutes circonstances le pays, d'aller même à Kabaforo redresser le tir, de civiliser les incivilisables...Eh bien! Moi, je dis que ce sont des trois fois cons, ces policiers froussards. À quoi peut bien ressembler la sorcellerie des Djakouni devant la détermination de Rigobert Banda, le fils de son père...? À quoi? A rien! »

Le policier célibataire avait tout rangé et s'en était allé excuser ses prédécesseurs fainéants et prouver à l'autorité qu'en fait d'homme d'honneur, il en existe encore dans les rangs de la police nationale. Et le signe flagrant qui crève l'iris, c'est Rigobert Banda.

Ainsi se vantait l'homme qui avait très largement mésestimé les Djakouni. Mais s'il en faut juger par le précédent de l'homme, on ne courait aucun risque à dire que ce zèle était inversement proportionnel à la profondeur de sa campagne désolée d'où il s'était éjecté. Grâce au brevet d'études des collèges d'enseignement public qu'il avait maintes fois traqué, et qu'il était parvenu après quatre tentatives infructueuses à conquérir,

1. Henri Hein (1797-1856)

il devint policier, ce qui fut le plus grand rêve pour ce fils de paysan et sa première véritable victoire sur cette vie difficile. Abandonnant ses buttes d'ignames, laissant les ronces et rosées implacables des sauvages matins de sa campagne natale, il était devenu citadin. Mais attention, pas n'importe quel citadin, un citadin-policier en mission, et où? À Kabaforo!

Quand Rigobert Banda débarqua à Kabaforo, il fut fort surpris de savoir que le commissaire de police, son chef de service était un jeune homme à peine plus âgé que lui. Ce commissaire, dit-on, entretenait une grande familiarité avec ses collaborateurs, ses subalternes. Ainsi, à l'entretien amical que le commissaire accorda au nouveau policier, il le prévint en ces termes:

- Mon cher Banda, sachez comme je l'ai déjà répété à vos prédécesseurs, que nous ne sommes pas ici pour travailler. Nous sommes ici pour attendre notre salaire. Ne faites pas de zèle. Car nous sommes à Kabaforo! Pas de contrôle d'identité, pas de rafle, pas de mot déplacé à un Djakouni. Soyez simplement l'ami des Djakouni, du moins si vous voulez vivre tranquillement ici. C'est compris, sergent?

Rigobert n'en revenait pas. Il était surpris et indigné que même le commissaire soit si trouillard.

- Mais pourquoi, mon commissaire? Demanda-il indigné.

- Quand j'ai débarqué ici il y a trois ans, ma jeune femme, elle voulait faire le commerce entre Kabaforo et le pays voisin du nord. Elle voulait se lancer dans le commerce de la friperie et de la pacotille. Commerce du reste très rentable...

Rigobert écoutait avec un air fort distrait, le récit du commissaire « froussard ».

- Quand les commerçantes Djakouni s'aperçurent que ma femme commençait à faire fortune, tout se gâcha.

- Et comment, mon commissaire? Refit le sergent dubitatif.

- Eh bien, un matin, elle s'est réveillée avec de gros furoncles sur tout le corps. Je dis sur tout le corps...j'avoue que de toute ma vie je n'ai jamais vu des boutons purulents de pareille grosseur...

- Mais mon commissaire, c'est peut-être la manifestation d'une simple allergie à un aliment.

- C'est ce que nous avons tous cru. Mais les examens médicaux que j'ai fait diligenter n'ont rien donné.

- Mais elle n'est pas morte votre femme, mon commissaire...

- Non, grâce à Dieu et à un puissant guérisseur Djakouni. Un certain Zakatou, qu'un ami Djakouni m'a recommandé et que vous aurez certainement l'occasion de rencontrer. Il est aussi célèbre que laid, vous le connaîtrez, je vous le parie.

- Mais encore?

- Bah, il a dit que c'était un empoisonnement...et il l'a guérie par un rituel tout aussi magique que le sort qu'on lui a jeté. Plus tard, j'ai appris que si un chien aboie au passage du sorcier-féticheur-guérisseur Zakatou, il lui suffit de jeter un regard audit chien pour le momifier net. Ni serpents ni moustiques ne peuvent le piquer...C'est en fait un prêtre, un prêtre du dieu Djakouni Dieu régional.

- Et ce Zakatou est encore à Kabaforo, mon commissaire?

- Et mais comment! C'est ici chez lui, vous aurez l'occasion de le connaître vous dis-je.

Rigobert était bizarrement heureux de savoir que le sorcier-féticheur-guérisseur Zakatou était encore là. Il pourra alors mesurer sa bravoure, sa matraque et son pistolet à la sorcellerie de ces sauvages. Alors, il se dit intérieurement: « Tout ça, c'est de la bonne aventure, moi je mettrai fin à tout ça! Parole de Rigobert Banda! ».

Ainsi en dépit des rappels à l'ordre que lui fit son supérieur, le policier zélé, un soir, s'arma, prit une torche électrique et alla patrouiller seul, question de tester et de défier ces sauvages qu'il s'était juré de civiliser. Mais Rigobert Banda, mûrissait une autre idée. Il voudrait être le pionnier de la démythification de Kabaforo. Prouver au commissaire que tout est question de volonté. « Car il faut bien qu'on se secoue un peu par ici », ajouta-t-il audacieux.

Il n'était que vingt heures et demie. Rigobert Banda faisait sa patrouille solitaire comme le lion conquérant. Bientôt dans la pénombre des rues mal éclairées de Kabaforo, il aperçut dans ce froid brumeux d'harmattan naissant, trois silhouettes.

- Vous là-bas?! Lança-t-il fougueux.

Le sergent leur arrose le visage de l'éclat aveuglant de sa torche, et leur cria à la face.

- Vos papiers?!

Les promeneurs, analphabètes intégraux, ne comprenaient rien et se regardèrent désemparés. Prêts à trouer jambes au cou, l'obscurité qui les environnait. Mais Rigobert Banda avait sa main droite portée à sa gaine. Trop dissuasif le pistolet, alors les promeneurs s'immobilisèrent.

- Alors où sont vos papiers? Carte d'identité?!

Le sergent jeta un autre coup d'œil à sa gauche. Là-bas, deux hommes à bicyclette.

- Eh vous deux! Venez ici! Vos papiers? Bande de sauvages! Un homme ç'a des pièces, une carte d'identité!

Le sergent s'aperçut vite qu'à vouloir bavarder avec des sauvages-analphabètes, il perdait son temps. Il passa alors à l'offensive.

- Torses nus! Couillons!

Rigobert put ainsi remarquer les innombrables amulettes qui leur ceinturaient gravement le corps. De la hanche jusqu'aux aisselles. Du coude aux aisselles. Quelques-unes leur traversaient le tronc en diagonale. Ils en avaient aux poignets. De vrais initiés ces cinq promeneurs qui venaient de tomber ce soir-là dans le filet du sergent le plus conscient de la police nationale. Rigobert s'en offusqua et releva l'une des amulettes avec le bout de sa matraque, et dit, indigné:

- Regardez-moi ça! ... des gris-gris...ça n'a jamais rien construit les gris-gris...à force de se ceinturer tant le corps, ils ont fini par s'étouffer l'esprit... On avance! Bande de zéros!

A la queue leu-leu, ils foncèrent vers le commissariat, escortés et intimidés par le pistolet de Rigobert Banda. Ils furent jetés impitoyablement derrière les barreaux. L'odeur nauséabonde, l'obscurité, le froid, les moustiques affamés, les salamandres à peau transparente, les guêpes, les punaises voraces, les margouillats, leurs petites familles et leurs œufs éclos les y accueillirent. Toute la nuit, la cohabitation avec les prises du sergent ne fut pas du tout facile. Les gardés à vue ne purent dans ces conditions guère trouver le sommeil. On éternuait de partout. Tard dans la nuit, les vessies étaient surchauffées, mais où faire ça?

- Là!

- Où?

- Là!

- Magne-toi de me le dire, c'est une urgence!
- Là, te dis-je.
- Où, là? Aïe! Ma tête, cette putain de mur m'a cogné.
- Pas là! Tu me marches sur le bras, je dis à ta gauche.
- Ouf! Ça y est; ça ne pouvait plus attendre... Ouais, comme c'est bon de se soulager!
- Mais, il me pisse dessus!!
- Mille excuses frère, on ne voit rien dans cette obscurité...et puis, franchement, une seconde de plus et ma vessie explosait...mille excuses frère. C'est fini...ça y est maintenant. Pousse-toc que je me couche.
- Mais qui pisse encore?
  Silence.
- Qui pisse encore, là?
- Personne, il y a longtemps que j'ai fini.
- Merde, c'est ton urine qui ruisselle vers l'angle où je suis couché.
- Toutes mes excuses mes frères.
- Ce n'est rien; c'est le policier qui paiera pour tout ça. Tu n'y es pour rien, frère.

Ainsi discutaient en langue Djakouni les captifs du sergent Rigobert Banda pour qui ce traitement inhumain était vraiment le comble de la provocation. Le courroux était ainsi à son faîte monté.

Le lendemain, Rigobert Banda qui était de garde la veille, appela le commissaire et lui montra sa prise. Preuve de ce qu'à Kabaforo, il suffisait de vouloir travailler pour obtenir des résultats. Le commissaire jeta un coup d'œil dans la cellule et dit:

- Sergent, c'est un ordre. Libérez immédiatement ces hommes!
- Mais mon commi...
- C'est un ordre, dis-je!

Ce fut un ordre sec du genre: « on ne peut abuser de la familiarité du commissaire indéfiniment ». Cette fois, le sergent comprit qu'il ne plaisantait pas comme il en a l'habitude et s'exécuta sans poser de question. Dès que ce dernier ouvrit la porte du crasseux cachot, le commissaire fit un large sourire et s'adressant à l'un des promeneurs raflés la veille, il dit sur un ton fort amical qui faillit étourdir le sergent:

- Alors mon bien cher Zakatou, comment vas-tu, mon frère?

Le cœur de Rigobert fit un bond. Il venait de s'apercevoir que cet homme mal fait qui là se plantait devant était le fameux sorcier-féticheur-guérisseur-prêtre du dieu régional, en personne.

Le prêtre lui jeta un regard d'acier trempé. Le commissaire essaya de faire diversion et redit:

- C'est un nouveau, il ne connaît rien à la police, mon frère Zakatou. Pardonne-lui de t'avoir si mal traité. Je viendrai ce soir te présenter spécialement ses excuses, mon frère Zakatou. Alors mon frère, et ta santé?

- ??

Le prêtre du dieu régional regarda toujours les yeux enflammés de haine, le sergent.

- Zakatou, je t'en prie...voyons, c'est un stagiaire...ce n'est pas encore un vrai policier...laisse tomber. C'est moi le commissaire, le vrai policier.

Et Zakatou de sortir tout ce qu'il savait de la langue Française:

- Ti vas voir!!

- Zakatou? Zakatou? Ne t'en va pas, attends. Attends mon frère, je veux te parler. Porte ce billet à ta femme de ma part.

Zakatou était sorti furieux des locaux du commissariat suivi des autres raflés.

- Mais bon Dieu!! Qu'est-ce qui vous a pris, sergent? Que vous ai-je dit, bon sang!!

- Mais mon commi...

- Il va vous tuer ce soir même, si ce n'est déjà fait. Je le jure, il vous tuera.

Soudain, Rigobert l'intraitable agent, le policier le plus conscient du pays prit peur, il transpirait déjà à grosse gouttes.

- Restez là sergent, je cours le rejoindre. C'est maintenant qu'il faut agir.

Deux heures plus tard, le commissaire revint et trouva son subalterne affalé sur son bureau, ses collègues à ses côtés. Sa respiration devint profonde et saccadée. Le sergent s'enflait. Ses yeux semblaient sortir de leurs orbites. La bouche ouverte. Le sergent était muet, il tremblotait comme pris à un piège. Il bavait et vomissait abondamment. Ses collègues impuissants le regardaient terrifiés. Ils savaient que Rigobert était condamné. Le poison des Djakouni avait emporté bien des agents de la douane, de la police forestière, de la police nationale, avant celui-là. Parce qu'ils ont voulu lutter contre le braconnage, alors que les Djakouni vivent de chasse; ils ont voulu interdire la méthode de chasse préférée des Djakouni qui consistait à mettre le feu à des hectares de forêt pour cerner et tuer un seul rat palmiste. Ils sont morts parce qu'ils ont voulu lutter contre la fraude douanière à la frontière toute proche etc. Et l'hôpital où on avait traîné les victimes n'avait jamais rien pu faire.

- Sergent? Sergent?

A ces appels du commissaire, le sergent téméraire n'entendait que des bourdonnements. Il avait une fièvre subite, et s'enflait encore et encore. Le gringalet policier était subitement devenu tout gros. Plus il s'enflait, moins il avait de souffle.

- Bon s'il ne parle plus, on va le faire nous-mêmes pour sauver au moins celui-là. Zakatou réclame la somme de cent mille francs C.F.A. Il dit devoir acheter un mouton blanc et du whisky pour demander pardon à son dieu régional qui se serait senti offensé à travers l'humiliation que lui, le prêtre, a subie. Sortez quelque chose, il nous faut sauver cet idiot. Je prête pour donner l'exemple cinquante mille. Fouillez-vous sergents! Faites vite. Et vous mon adjudant?

- Voilà.

- Et vous?

- Très bien. Que tout le monde donne quelque chose, mon lieutenant?

- Merci, ça devrait pouvoir suffire. J'y cours.

Et le commissaire, plus jeune que la plupart de ses subordonnés, se mit à la disposition de son agent.

On dit aussi que dès qu'il reçut l'argent, le prêtre ne fit que défaire le gosier de toucan magique suspendu dans sa case, dans lequel il avait simplement soufflé en appelant l'esprit impitoyable de la mort à la rencontre du sergent zélé, Rigobert Banda. Rituel bien connu en pays Djakouni. Le sergent reprit haleine, dépérit comme il fallait. Il alla remercier le puissant prête Zakatou qui eut pitié de lui; et ce, non sans avoir laissé au prêtre-sorcier-féticheur-guérisseur, la moitié de son minable salaire. Il pleura devant le commissaire et ses collègues, pour tant de marques d'amour. C'est bien la première fois qu'on lui témoignait de tant de sympathie et qu'on lui prouvait l'inutilité du travail bien fait.

Guéri, il demanda qu'on le mutât dare-dare loin de Kabaforo. Ce qui fut fait.

Le résultat de toutes ces pratiques, c'est que la région de Kabaforo est aujourd'hui, cinq décennies après l'indépendance, la plus arriérée de tout le pays. C'est la région qui compte le moins de cadres dans le pays. Le pays en conséquence ne doit absolument rien à Kabaforo. Ni son rang de première puissance agricole de la région, ni ses infrastructures dont la construction a été financée justement par les fruits de l'agriculture.

Les quelques écoles primaires de la région ne comprennent qu'une minorité de fils de fonctionnaires originaires de la région de Kabaforo.

Dans cette forêt tropicale humide, vierge, où vivent les Djakouni -qui passent pour être la communauté la plus arriérée du pays- toutes les forêts y ont été déclarées « sacrées » par les patriarches de la communauté. Au nord, au sud, à l'est, à l'ouest de tous les villages de la région de Kabaforo, l'agriculture est interdite. Le dieu auquel tous croient, le dieu des Djakouni, le dieu de la puissance et de la fertilité n'aime pas l'agriculture, il l'a même en horreur.

Quand le gouverneur Anatole Poiriot en son temps, au temps fort de l'introduction de ces produits agricoles, apprit que les Djakouni étaient réfractaires à l'agriculture à cause de leurs coutumes, il dit dans sa dépêche à la métropole: « [...] *Ces Djakouni sont des infrahumains, des retardataires de notre vague de vie, des incapables, des fainéants... bref des zéros brasseurs de vent. [...]Et dire que l'agriculture, c'est pour leurs putains de gueules pourries de nègre parmi les nègres! C'est pour leurs sales gosiers de nègre; les derniers de toute la négraille noirâtre dégénérée que la colère du ciel envers l'humanité pécheresse a fait descendre sur la terre pour l'horrifier et la punir pour ses iniquités. [...] Comme c'est dommage! Comment peut-on se détourner de son propre bien? ...Si ce n'est qu'on ne distingue pas encore le bien du mal? Pourtant Adam et Eve savaient déjà cela! Alors disons-le tout net; ce sont des monstres préadamites; pas mieux ».*

L'histoire ne s'acheva pas à ces coups de gueule. Le gouverneur envoya une expédition punitive à Kabaforo pour tenter d'effrayer les Djakouni. A la tête de ladite expédition, le très célèbre commandant de cercle Claude Lecul. Monsieur Lecul, commandant du cercle dont dépendra plus tard Kabaforo était un dur à cuir. La métropole l'avait délégué dans la colonie pour laver, décrasser, écroûter, dégraisser, blanchir le nègre; bref les transformer en êtres humains. Au sujet des Djakouni, il disait: « croyez-moi mon gouverneur, la négraille ça se marque au fer et ça marche ». M. Poiriot savait pouvoir compter sur lui. Il l'affecta donc au cercle de Kabaforo pour pacifier la région. Il reçut l'ordre de « mater poliment d'abord » pour dissuader les uns et persuader les autres du bienfondé de l'agriculture pour le développement des colonies.

Devant le grand nombre de décès qu'il enregistra parmi le corps expéditionnaire, car les Djakouni, ça ne s'intimide pas si facilement, le commandant Lecul fit inspecter quelques cadavres pour déterminer les causes exactes de ces morts massives.

Le médecin légiste blanc du cercle fut formel:

- Ils ont reçu des décharges électriques.

- Mais comment est-ce possible? Il n'y a pas la moindre lampe tempête chez ces animaux!! Qui me parle d'électricité? Décharge, quelle décharge? Avait alors aboyé le commandant; sceptique à l'analyse de l'expert.

Lecul hors de lui, demanda du renfort et fit capturer l'un des patriarches des Djakouni. Cette fois-là, à la vue de l'impressionnante artillerie qui débarqua à Kabaforo, les ardeurs se calmèrent. On ligota, on garrotta comme du gibier le grand sorcier. On prit soin de le mettre dans un sac à foin de peur qu'usant de sa puissance maléfique de sorcier, il ne s'évadât. On le débarrassa de ses innombrables amulettes. Il était là leur soi-disant médiateur entre le dieu régional et les Djakouni. Leur interprète suprême, leur grand médiateur, le dernier avatar du dieu régional, dieu de la puissance et de la fertilité.

Le grand sorcier fut déposé dans la cour du commandant, empaqueté bien et beau. Quand, au matin, le commandant donna l'ordre aux gardes de vider le sac, celui-ci fit un bond en arrière. Les gardes, fusils au poing, rangés en un cercle autour du captif, veillaient au grain. On éventra le sac avec une cisaille crasseuse pour voir s'éjecter le grand sorcier des Djakouni. Il ne portait pour tout vêtement qu'un cache-sexe taillé dans l'écorce d'un arbre. Tête poussiéreuse, gueule large, petit front plissé, le nez écrasé contre son visage noir lapidé et aplati. Ses petits yeux rouges, enflammés de conjonctivite, soigneusement jetés et égarés dans ses grandes orbites de chimpanzé, étaient surmontés de deux arcades saillantes. Ces dernières, relevées par de grisâtres sourcils forts broussailleux. Le grand chef sorcier! Il louchait de l'œil gauche. Ses tempes creusées, son long cou interminable de charognard, articulé et étranglé par un goitre volumineux que traversait un nerf vertical saillant et dont pourtant il paraissait s'accommoder fièrement.

Le grand sorcier dont semblait venue la pitoyable épilogue était noir, très noir. On aurait dit qu'il avait été dégagé du ventre sableux d'une mine de charbon. Il avait l'air quelque peu hébété, se passa la paume noire sur son crâne. Quand il fit mine d'articuler quelque chose dans son baragouin immonde, il offrit méchamment, mal poliment, à voir deux longs crocs de couleur orangée que manifestement nul cure-dent n'eut jamais par grâce visités. Le commandant le devança furieux et moqueur, pour tant d'offenses à la vue humaine.

- Et voilà notre grand manitou, hein? L'ennemi du progrès, l'imprenable, et adversaire impénitent du développement. Ha!! Ha!! Que c'est formidable! N'est-ce pas, mon grand?

Pendant que le commandant Claude Lecul rigolait de la sorte, le chef sorcier, l'intermédiaire terrestre entre le dieu régional, dieu de la puissance, et les Djakouni, s'était assis. Le commandant lui posa la godasse gauche sur l'épaule avant de lui jeter le plus grand regard teinté de dégoût et de mépris. Puis il poursuivit:

- C'est tout de même formidable, dire que ce babouin tout fait est un chef... Incroyable!... Mais au fond, pourquoi dis-je donc incroyable? C'est tout logiquement le chef des babouins... C'est possible...même très possible. Ha! Ha! C'est le gouverneur qui sera content de ma prise. Brigadiers!! Rangez-moi bien ça!

Et les brigadiers traînèrent le très vénéré sorcier derrière une grille.

Plus tard, le gouverneur le fit photographier. Il envoya, dit-on, la preuve de sa prise à la métropole, avec un large commentaire du « babouin ».

« [...] M. le ministre, croyez-moi; si un journaliste Français m'avait fait cette description de cet homme, j'aurais sans aucun doute suspecté ce racisme que la grande France, mère de la liberté universelle, a toujours déploré. Mais je l'ai vu de mes propres yeux, leur chef sorcier. Il a un physique exceptionnel. Vous pouvez le confirmer sur cette photo que je fais accompagner la dépêche; elle a été prise dans sa cage au lendemain de sa capture. Ainsi, le chef sorcier des Djakouni, ennemi de l'ordre public, est désormais au frais bien et beau. La marche de Kabaforo vers le développement est désormais irréversible [...]

Soyez assuré de ma très grande diligence et veuillez, je vous prie, faire bon accueil à l'expression de ma très haute considération.

Vive l'empire colonial Français! ».

Anatole Poiriot,
Gouverneur général

12. L'initiation

Une initiation véritable ne prend jamais fin
— ROBERT ANTON WILSON

En pays Djakouni, le début de la saison des pluies marque le départ des grands sacrifices. On dirait que la pluie tombait chaque saison pour aussi laver les malheurs du clan et offrir l'abondance! C'est pourquoi les Djakouni étaient toujours impatients de sentir l'odeur d'argile qui précède l'hivernage. Cette odeur sonnait et annonçait aussi le début des festivités du Nouvel an en pays Djakouni. Même ces Djakounis dispersés dans des endroits lointains tels que Paris, Londres, Washington ou Tokyo reviendront pour ce festival car ils croient encore que leur absence de la patrie irrite les dieux.

Parmi ceux qui se trainèrent à Kabaforo cet hivernage, se trouvait le Général Norbert Tiya, le très célèbre officier militaire, ancien commandant des forces terrestres, ancien bras droit du défunt père de la nation et ennemi juré du président de la République Aimé Blédou qu'il avait tenté de renverser il y a quelques années. Tiya avait surtout bénéficié de la jeunesse de l'armée dont il était l'un des pionniers aux premières heures des indépendances. Ceux que son succès social postérieur avaient aigri diront qu'à l'armée Française où il avait fait ses premières armes, il n'était que boy-cuisinier; certains disaient plongeur, d'autres disaient « nettoyeur de canon ». Une chose est sûre, c'est qu'il fut promu par le père de la nation aux hautes fonctions de l'ordre militaire, en dépit de ses fréquentes transgressions des règles de la langue de Molière. Le Général, chef d'État-major interarmes qu'il était, connaissait très mal cette langue. Toutes ses sorties dans les casernes étaient de grandes occasions de rire et de détente. Il fallait la contrainte des services pour l'obliger à se ridiculiser de la sorte. Il aurait certainement voulu ne rien dire. Mais quand on est chef, on est obligé de discourir, à la télé, à la radio, dans les journaux etc. Il ne pouvait articuler deux phrases sans erreur. Il avait fini par se rendre compte du ridicule dont il se couvrait. C'est pourquoi il s'était fait une réputation de taciturne dès qu'on le mit à la retraite.

Norbert Tiya, digne fils de la région de Kabaforo, venait prendre cet hivernage sa part de grâce qu'offre le dieu régional. «Tiya» signifie en langue Djakouni, « fils du tonnerre ». Mis à la retraite par Blédou, il avait le temps pour subir une vraie initiation en mode Djakouni. Sa femme Rosalie Tiya l'accompagnait. Ceux qui n'ont pas mieux à faire que de s'immiscer dans les affaires d'autrui, oisifs comme ils sont, disaient que Norbert était impotent. Et que sa femme Rosalie qui n'avait que quarante ans se la coulait douce avec quelques jeunes cadres de la capitale. Les jaloux précisaient pour leur part que le dernier fils de Norbert n'était pas le sien.

En pays Djakouni, tous croyaient aux fétiches. On n'entreprenait rien sans fétiche. Tel écolier du cours élémentaire s'abaissait-t-il dans la cour de récréation que ses petits copains pouvait admirer ses gris-gris découverts qui lui ceinturaient fièrement le petit bassin. Tel autre ivrogne déambulant dans la rue de la capitale manquait-il de se faire écraser par une auto que, dégrisé, il s'en retournait là-bas consulter le dieu régional pour conjurer « l'esprit d'accident » qui semblait le hanter.

Ce n'était pas Norbert Tiya qui se détournerait de sa culture. Il était justement là cet hivernage pour prendre sa part de pouvoir.

Il se proposa de subir l'épreuve spéciale du rituel dit du « digne fils de dieu régional ». C'était une bénédiction spéciale que le dieu régional accordait au fils le plus digne de la communauté. A l'occasion, le candidat à l'épreuve du rituel devait faire montre d'une grande pénitence et d'une extrême humilité pendant tout le temps que durerait la préparation au rituel. Le candidat à l'épreuve, fut-il même président de la République, devait se rabaisser- s'il voulait entrer dans les grâces du dieu régional- jusqu'à manger avec les mains, avec tous ses proches, des mets posés par terre. L'officier supérieur de l'armée devait plonger sa main dans le même plat que son neveu de dix ans qui vit à la campagne. C'est cela l'humilité qui précède la gloire en pays Djakouni.

C'est ainsi que Rosalie, grandissime dame dans les milieux huppés de la capitale et de Paris et qui y possédait tant de servantes, se devait de jouer sa partition pour le succès total de l'épreuve de son homme. C'est pourquoi elle dut cuisiner de ses propres mains le plat de porc-épic fumé arrosé de vin de palme dont Norbert s'empiffra le jour du début du rituel.

Norbert choisit d'escalader l'arbre fétiche, l'arbre aux flancs garnis de piquants rigides. D'aucuns disaient « poignards ». Il y parvint par une kabbale aussi spéciale. La suite fut connue. Le dieu régional décida de confier et sa force et sa mission à Norbert Tiya, car, dit-on, l'heure était grave. Norbert devait laver les multiples humiliations que les Djakouni, par la faute du colon, du président Aimé Blédou et de ses frères, n'avaient cessé de subir. Les Djakouni ont faim à Kabaforo, dans la forêt vierge. Blédou et ses frères qui sont dans les maisons climatisées de la capitale, ont dilapidé l'argent public alors que les Djakouni meurent de faim. Ils oublient que l'agriculture était interdite par le dieu régional. Sinon bien des Djakouni auraient aimé planter quelque chose pour ne pas mourir de faim. Mais il était impossible à un homme de la communauté de cultiver la terre. Comment désobéir au puissant dieu régional, sans essuyer l'implacable flagellation divine dans les règles? Et puis ils ont vraiment déshonoré les Djakouni! Dans le pays, toutes les histoires drôles dans lesquelles il doit s'agir d'un sauvage, commençait toutes par: « il était une fois un Djakouni... » Ou bien « un homme stupide, pardon un Djakouni...» Y en a vraiment marre! « Vas-y et venge-nous! Tiya ton heure est venue », parole de patriarche.

Mais les cérémonies spéciales comme celles qui confiaient la destinée de toute une communauté au Général à la retraite Norbert Tiya, s'achevaient de façon toute aussi spéciale. Seuls quelques grands initiés du clan pouvaient prendre part à l'étape de couronnement.

Ainsi, tard, très tard dans la nuit, à la veille du jour où Tiya escalada l'arbre fétiche, les vieillards le conduisirent dans la forêt des initiations à l'insu des profanes. Déjà là-bas, se tenait un certain comité d'accueil installé à côté d'un feu de bois sur lequel une grillade mijotait tranquillement. De solides hommes, torches en main, dansaient au rythme d'un unique tambour sacré auquel étaient accrochés une myriade de gris-gris indescriptibles. Huit hommes auxquels étaient venus s'ajouter Tiya et ses accompagnateurs. Ce qui porta le nombre à douze. Le candidat était accroupi, le torse nu. Pendant que les hommes dansaient autour de lui, le sacrificateur enduisait son corps d'une huile spéciale à base -dit le railleur -de graisse humaine. On le blanchit de kaolin, on récita des formules magiques qu'il répéta. Soudain, sans que rien ne le présageât, un autre homme sortit des fourrés environnants. De sa main droite, il tenait un cor, de l'autre, un bidon de quatre litres. L'assemblée se tourna vers lui. Tiya suivait avec attention le déroulement du cérémonial. L'homme porta le cor à ses lèvres et en arracha ce son macabre qui pollue l'oreille. Le son déchira la nuit et se répandit dans le fin fond de la forêt. Tous, Tiya excepté, se mirent alors à chanter une litanie à la gloire du dieu régional, le vainqueur. Une lueur de félicité parcourut le visage de Tiya. Il sentait qu'il était enfin prêt. Le doyen d'âge de la délégation nocturne fit un signe à l'homme qui portait le cor et le bidon. Tous se turent. « Frères, nous allons maintenant nous rafraîchir à la gloire de nos ancêtres ». On servit alors la boisson sacrée: le katéka. L'étourdissant tord-boyaux qui vous connecte en un instant aux esprits.

Jadis, ce puissant breuvage servait d'anesthésiant. Lorsqu'un guerrier revenait de la guerre contre les clans voisins, une flèche logée dans sa cuisse, on lui administrait du katéka. Étourdi et placé dans un coma éthylique, on lui ôtait sans douleur l'arme de son corps. C'est la boisson préférée des dieux. À en humer simplement le gaz, on peut en être ivre. Tiya qui était assis dans cette nuit, au milieu des sacrificateurs, le savait. Mais il n'y avait jamais goûté, accoutumé qu'il était au vrai whisky. On commença par servir la grillade. La grillade préférée du dieu régional: du placenta braisé. Tiya ne connaissait pas la qualité de la viande qu'on l'invita ce soir-là à déguster. Mais il en prit un morceau et le porta à sa bouche, imitant les autres dont quelques-uns avaient déjà commencé à mastiquer. Un nectar onctueux envahit son gosier, provoquant un important flux salivaire. Quand vint son tour du katéka, Norbert Tiya flaira l'odeur de l'anesthésiant; il y trempa seulement le bout de la langue. Soudain la terre entière parut se renverser sur lui. Autour de lui, quelques buveurs gisaient déjà. Assommé et étourdi par la liqueur des dieux. Tiya se prit la tête. Il crut qu'elle allait exploser. Il ignorait à ce stade qu'il était en communication avec les ancêtres. En définitive il s'affaissa, vit le dieu régional à l'aspect d'un sage vieillard. Ce dernier était en compagnie de quelques ancêtres que Tiya reconnut. L'un d'eux lui tendit la coupe des vainqueurs. Il tendit la main, la saisit, la porta à ses lèvres. Il goûta dans cette vision unique un peu de ce vin succulent qui le porta au firmament. Le vin était fort exquis. Tiya en voulut tout le contenu. Au moment où il s'apprêtait à avaler tout le liquide, il entendit frapper à la porte d'une pièce où il se tenait. Il se réveilla dans une case du village, quand déjà le soleil était haut dans le ciel. Il transpirait abondamment sur ce mauvais lit indigne d'un personnage de sa carrure. Mais c'était cela l'initiation. Il s'étonna toutefois d'être nu comme un ver. Mais il était quand-même drapé. Un homme entra dans la case. Tiya le reconnut. C'était l'un des initiateurs de la veille. « Tout s'est bien passé, il ne reste plus que l'épreuve du fromager que tu as choisie »; lui dit le visiteur. « N'oublie pas que tu en as fait la promesse au dieu régional hier, sois-lui fidèle, il te protègera. N'oublie rien, fils du tonnerre! Vas-y! ». « Vas-y et venge-nous ».

❊❊❊

Après près d'un siècle de colonisation, la France et ses nombreux gouverneurs n'ont guère réussi à changer véritablement les Djakouni qui restaient cramponnés à leur culture, même si la région compte aujourd'hui plus d'infrastructures et de services publics qu'à l'époque coloniale. Mais comparée au reste du pays, la région de Kabaforo reste indéniablement la plus arriéré du pays.

Dans la capitale, tout chef de département d'un service qui veut punir un subordonné indiscipliné et non performant le menace toujours en ces termes: «La prochaine fois vous serez envoyé en pays Djakouni!»

Sans la récente mise en valeur des terres, leur cortège d'infrastructures routières pour le transport des produits agricoles vers les différents marchés, et la traînée d'acheteurs de produits, la vie d'un citadin moderne eut été impossible. Kabaforo est désormais équipé de quelques écoles primaires, d'eau courante et même quelques cabines de téléphone publiques. Mais Kabaforo demeure foncièrement la même. Sa forêt dense, tropicale humide, vue du ciel, ressemble à un épais tapis vert troué par endroits par d'une myriade de mangroves chaotiquement dispersées. Ses arbres centenaires pourraient facilement être confondus avec de gigantesques piliers veillant sur le sommeil éternel des dieux forestiers. Les robustes lianes étroitement enroulées autour des arbres ressemblent à des ceintures de sécurité pour assurer le repos paisible des mythes et légendes. Tout ceci, loin du regard indiscret et du cou allongé des profanes.

Le début de la saison des grandes pluies est aussi l'occasion de célébrer les filles nubiles. Là-bas, dans l'un des nombreux hameaux perdus au fond de cette forêt dense, se trouve un village de la région de Kabaforo. Ce baraquement s'est aussi mis au goût du cérémonial annuel, des sacrifices au dieu régional. On sort donc celles qui ont fait honneur et à la communauté à travers leur famille respective, et honneur aux dieux: celles qui ont bravement subi la grande épreuve initiatique de l'excision, qui leur permet désormais d'être prises pour femme.

Là-bas, on n'excise pas une femme qui n'est pas vierge. C'est cela le vrai sens de leur grandeur, ces filles nubiles à souhait. Elles font non seulement la preuve de leur chasteté, de leur intégrité, soulignant ainsi la valeur morale de leurs éducateurs de géniteurs, mais l'opération de l'excision étant fort douloureuse, on est forcément brave quand on la vainc par son courage. Mais que peut faire d'autre une jeune femme dans une communauté Djakouni qui a perdu sa virginité illégalement ou qui a bafoué son honneur et celui de ses parents en se dérobant à l'excision. Mieux vaudrait la pendaison qui est largement préférable à l'exclusion de la communauté, au célibat à vie, c'est-à-dire sans enfant, le comble! Mieux vaudrait mourir; une femme sans mari, sans enfant chez les Djakouni!... Ha!

À l'aurore, les exciseuses rassemblent les futures femmes. Dix pour ce jour, c'est leur nombre. Elles sont regroupées et drapées dans une pièce commune. Leurs monitrices, des septuagénaires aux doigts tremblotants, elles-mêmes excisées depuis plus d'un demi-siècle, leur font des ultimes recommandations. « Ça ne fait pas mal », « c'est votre nom et celui de votre famille qui seront relevés », « après l'opération, la tentation de tromper son mari, ça ne vous vient pas, car vous serez différentes des filles sans pudeur des grandes villes. Elles sont comme des chiennes constamment en rut; elles ne savent pas se retenir », « c'est votre mari qui sera alors fier de vous », « quand il prendra une seconde épouse, vous serez insensibles à la jalousie », « prenez courage », « les ancêtres seront fiers et le dieu régional apportera la bénédiction à la communauté; il apportera plus de pluie... et la pluie ça donne le marécage... et le marécage de grosses grenouilles... et du gibier...et plus jamais de famine...»

Elles sont rangées dans un coin de la pièce d'attente, ces filles de treize ou quatorze ans; toutes envahies de trouille malgré l'assurance que tente de leur procurer la monitrice. Une vieille dame se dissimule silencieusement dans la pièce faiblement éclairée par une lampe tempête; pièce où sont groupées les fillettes. Elle murmure quelque chose d'inaudible à la première; laquelle fait un geste de la tête en signe d'accord. Bientôt le nouveau jour se montrera et avec lui, de nouvelles femmes, de vraies femmes.

Dans une pièce mitoyenne à celle où attendent les futures femmes, se tiennent quatre vielles dames: les opératrices. L'une d'entre elles tient entre ses doigts l'outil opératoire qu'elle reçut de sa propre mère, une exciseuse de renom dans toute la région de Kabaforo. Outil qu'elle a jalousement conservé depuis lors et qu'elle léguera probablement à sa propre fille au soir de sa vie. Un couteau aux bords concaves. Tout semble prêt. L'opératrice sort de la case et s'en va, là-bas, à l'orée de la forêt toute proche où ces fillettes seront conduites et mutilées. Non! Pas « mutilées ». Elles y vont pour devenir femmes. Et non mutilées comme on le dit à Paris. Mais le jour tarde à se lever; il semble attendre la fin de l'opération capitale.

Mais la première fille nubile de ce hameau de Kabaforo qui commence la cérémonie du jour, digne fille du dieu régional, au labour implacable de la lame séculaire de l'opératrice, n'a rien pu sentir: étranglée, étouffée qu'elle fut par tant de douleurs indicibles. Son sang, donc son âme, s'est échappé. L'opératrice et ses assistantes ne l'ont pas vue s'envoler, cette âme jeune et docile, dans une forêt complice du rituel. Mais elles voient un corps mou, vide s'écrouler sur leurs bras. « Celle-là, c'est l'offrande au dieu régional; que son nom soit magnifié, qu'il continue de veiller sur nous et notre peuple ».

L'opératrice venait ainsi de parler; et la fillette qui n'a pu devenir femme par la volonté du dieu régional, peut être fière d'être entrée directement dans les grâces somptueuses des dieux eux-mêmes. Son air imperceptible, fait frémir le ciel et sa condisciple pour qui viendra le tour d'épreuve. Gisant dans une mare de sang, elle est conduite à la case de la guérisseuse qui ne possède ni coagulant ni potion magique capable de redonner la vie. Mais comme ce ne sera pas la première, ce ne sera non plus la dernière. L'opération peut alors continuer avant que ne se montre le jour.

> Le jour du triomphe des dieux
> Ces dieux sans chair ni sang
> Qui ricanent à la morsure indélébile
> D'une lame dans les entre-jambes sensibles
> Et éternellement endoloris.

Ha! Cette cérémonie
Qui chasse le paisible silence du jour naissant

Combien de larmes acides
Faut-il à l'impitoyable dieu
Combien de sang
Faut-il au dieu vampire pour étancher sa soif
Combien de lambeau de chair
Faut-il à l'estomac insatiable
Du dieu fainéant
Qui hait la houe et adore l'alcool

Les fillettes sont coupables d'être nées filles du dieu régional. La lame dans la chair vive, leur amertume déchire l'harmonie de cet air matinal, sous l'admiration et ce rire teinté de sarcasme d'augustes sarcophages et mânes vampires lâchés par le dieu régional. Ce dieu d'une abondance et d'une fertilité invisible aux profanes, mais visible à travers le masque grimaçant d'une culture moribonde à laquelle les ultimes défenseurs s'agrippent désespérément sous le regard curieux d'un Occident incompréhensif.

De toutes les dix fillettes candidates au très envié titre de « femme » dans ce hameau, une seule succomba à la lame happeuse et vorace des opératrices. C'est dira-t-on plus tard, la preuve que le dieu régional n'est pas gourmand. Une seule victime expiatoire pour conjurer le sort durant toute cette année, ce n'est vraiment pas cher payé.

« Votre sœur est partie; c'était la volonté des ancêtres. Vous autres, êtes prêtes à fonder un foyer. Que le dieu régional, l'esprit des ancêtres veille sur vous et votre future famille ». En prononçant ses mots, l'opératrice aidée de ses assistantes leur font le masque de kaolin blanc. Le masque de la victoire, la victoire de l'honneur sur la honte à laquelle elles ont échappé par grâce. À leurs hanches frêles, des cache-sexe blancs, obtenus dans un tissu de coton. Des seins fermes et agréables au toucher du sublime élu. L'une des assistantes leur enduit, en marmonnant des paroles incompréhensibles, le corps d'une huile camphrée à l'odeur forte. Le jour vient de poindre. L'une des opératrices entonne le chant des femmes dignes du dieu régional que les autres accompagnent de leur voix gagnée par l'usure du temps féroce.

La cérémonie se poursuivra avec son cortège de libations, de breuvage et de ripaille. On offrira au dieu régional le fruit de l'abondance qu'il a occasionnée durant cette année. Des grenouilles, des poulets, des graines, des huiles etc.

Seul un vrai Djakouni peut mieux comprendre ces coutumes. En son temps, le gouverneur Anatole Poiriot eut beau répéter que l'eau de roche étant pauvre en iode, sa consommation pouvait provoquer le goitre, on lui rétorqua que le goitre était le signe de l'onction du dieu régional sur celui qui le possède. Cette infirmité est finalement devenue un canon de beauté dans la communauté. On eut beau conseiller que le savon contient un principe antiseptique, et que son utilisation prévenait quelques maladies de la peau, ils s'y refusèrent. En définitive, les larges plaques de dartre qui couvrent, telles des écailles, le corps des Djakouni sont devenues un signe d'élégance. Quand une personne louche, elle est vénérée. On estime là-bas qu'elle voit dans toutes les directions et qu'elle a quelques prédispositions pour la vision occulte. Les plus belles femmes sont celles qui sont fortement cambrées.

Au total, si par la grâce des dieux une jeune femme pouvait être excisée, cambrée, avoir des écailles, pardon des dartres, loucher et posséder un goitre, il y a de très fortes chances qu'elle soit donnée en mariage au chef spirituel de la communauté, lequel doit forcément posséder le goitre.

Une fois les cérémonies terminées, si le ciel lâche de grosses gouttes de pluie, c'est la preuve que le dieu régional est satisfait du peuple. Alors, à l'occasion, les cadres de la région et tous ceux qui ont quelques demandes spéciales à formuler à la bienveillance du dieu régional peuvent le faire. Certains demandent au dieu régional de leur donner plus d'enfants, d'autres le pouvoir de vaincre leurs ennemis, d'autres encore celui de leur permettre de réaliser leur dessein politique etc. Alors les octogénaires qui avaient confisqué tous les fétiches du ventre de la terre, lèguent sur recommandation expresse, qui un talisman pour attirer la sympathie de son patron en ville, qui un poison imparable contre ses ennemis, qui un cadenas magique pour emprisonner l'âme d'un ennemi etc.

13. Le parti apostolique pour la rédemption nationale

Toutes les opinions extrêmes finissent toujours par s'autodétruire
– MARTY RUBIN

Grégoire Touka, ancien mystique converti au christianisme populaire, avait entamé une grande croisade nationale pour dénoncer le mysticisme, et les religions autres que le christianisme évangélique. Il annonça dans les colonnes de tous les journaux que le seigneur descendra un jour dans le pays lui confier le pouvoir afin qu'il porte définitivement l'estocade à Satan et aux religions démoniaques qui, disait-il, conduiraient le pays en enfer. Si rien n'était fait. Très peu de leaders politiques considèrent le révérend Grégoire Touka comme un homme lucide. On le dit tantôt extra lucide, tantôt oint. Le président et son entourage ont toujours pensé pour leur part que la santé mentale de Grégoire Touka était grandement altérée.

Pour prouver l'ampleur de la grâce que le seigneur lui a faite, Touka prétend avoir dîné en tête-à-tête avec Belzébul, le lieutenant de Satan, du temps où il appartenait à une école de mystère. D'où les preuves qu'il détient sur la « satanicité » du mysticisme. Tantôt il était gardien au séjour des morts ou rôtisseur-braiseur-cuisinier en enfer etc. Mais personne ne le croyait vraiment en dehors des fondamentalistes de sa communauté pour qui Touka est le délégué direct de Jésus le Christ dans le pays.

Entré en politique dans l'intention de préparer la prise du pouvoir du seigneur, Grégoire Touka n'a malheureusement jamais pu s'imposer à l'échelle nationale comme un leader incontournable. Il est tantôt pasteur, tantôt président de parti, tantôt homme d'affaires prospère au service du Christ. Mais sa capacité de mobilisation dans la capitale où il possède une importante communauté est réelle. Il s'était ouvertement présenté comme le premier adversaire du président de la république Antoine Kakabi qu'il dit avoir vu dans une révélation à la table de Satan. *«Kakabi est un enfant du diable, nous nous connaissons; c'est pour cela qu'il refuse de me croiser. Je lui ai promis une séance de délivrance mais il l'a toujours refusée. Il continue de dîner à la table de Satan et de vivre dans l'iniquité. Le seigneur le terrassera bientôt et me donnera le pouvoir ».*

Sur la gigantesque pancarte dressée A l'entrée du palais de Grégoire Touka, on pouvait lire :

« ...C'est ici le repos, faites reposer celui qui est las et c'est ici ce qui rafraîchit... Esaïe 28:12»

Dimanche: Culte politique de défense contre les œuvres de Kakabi, la bête de l'apocalypse.
De 7 Heures à 12 Heures

Lundi: Culte de perception de dîmes et dons du seigneur.
À partir de 19 Heures.

Mardi: Étude biblique concrète illustrée.
À partir de 19 Heures.

Mercredi: Culte de délivrance et de sabotage définitif des œuvres de Satan.
À partir de 19 Heures.

Jeudi: Culte pour enfants possédés.
De 18 Heures 30 à 20 Heures 30.

Vendredi: Culte de préparation véritable pour l'entrée totale dans la Nouvelle Jérusalem.
À partir de 19 Heures.

Samedi: Culte de décrassage immédiat des nouveaux convertis.
De 18 Heures à 23 Heures.

Dans les premiers mois qui suivirent la naissance de sa communauté, il enregistra de nombreuses défections attribuées aux manigances de Satan. Mais bien vite, inspiré par le seigneur, il aura la merveilleuse idée de responsabiliser les nouveaux paroissiens en vue de les arracher définitivement des mains de Satan afin de contenir les défections multiples.

Pour ce faire, il créa cinq cellules d'action dont chacune comprenait dix membres. Ces cellules devaient travailler en étroite collaboration pour cerner plus facilement l'ennemi. Satan étant très rusé, seul un stratagème suffisamment efficient pouvait le vaincre. Le révérend imposa qu'on agît par anticipation constante; c'est la seule façon de surprendre le diable et le terrasser. Dès lors, il créa la *Cellule d'Action Anticipée et de Détection de l'Esprit Malin*. Un trait de caractère des hommes est bien connu: ils sont versatiles. Alors pour éviter que les fidèles ne regagnassent le clan de l'ennemi après leur conversion, il fut mis sur pied la *Cellule de Suivi après Délivrance*. Cette dernière devait travailler de concert avec la troisième *Cellule* dite *des Oracles de l'Éternel:* seule habilitée à prophétiser avec le révérend pendant les culte-meetings.

Et si Satan est bien souvent vainqueur des hommes, c'est bien parce qu'il ne travaille pas seul: il a une armée de démons à sa solde. Le révérend alors décida que la communauté eût une équipe similaire: *le Commando de Défense Spirituelle pour l'Apocalypse et l'Assaut Final contre Satan*. Enfin, vu qu'en dehors des foyers, les fidèles risquaient de tomber en tentation même dans la rue, on créa également la *Cellule de Vigilance Spirituelle et de Discipline*. Les membres de cette dernière cellule devaient constamment avoir sur eux de quoi prendre note. Il fallait noter tout ce qu'on voyait. Les attitudes des frères et sœurs…Qui est en leur compagnie? … Que disent-ils? … Sont-ils décemment vêtus? … Mangent-ils trop en temps de pénitence? … Sont-ils dans un bar? Etc.

Toutes les cellules devaient tenir une réunion de travail les samedis après le culte de décrassage des nouveaux convertis, en vue de préparer le dimanche, jour du Seigneur. On fit également inscrire les noms et adresses exactes des nouveaux paroissiens dans le « Cahier des Élus ».

Pour attiser constamment la flamme de l'Éternel, certains fidèles décidèrent volontairement de veiller au temple-palais des congrès. Jours et nuits, ils chantaient, louaient le Seigneur, se relayant. Certains jeûnaient trois jours de suite. La Bible ne déclare-t-elle pas qu'« heureux ceux qui ont faim et soif car ils seront rassasiés au Royaume des Cieux »? Ils avaient trouvé la voie qui mène au Seigneur. Alors pourquoi apprendre un métier, chercher du travail, poursuivre des études pour devenir de brillants hommes d'esprit; si « heureux sont les pauvres en esprit car le Royaume des Cieux leur appartient »? Pourquoi rentrer chez soi et abandonner la demeure du Seigneur si ce n'est pour changer de vêtements?

Ils avaient compris que tout est vanité, passager. Ils étaient pauvres mais leur cœur était apaisé. Ils avaient pu se défaire du carcan infernal des craintes quotidiennes et du stress, qui naissent souvent du souci des hommes de vouloir planifier eux-mêmes leur vie. Ils ont confié la leur à l'Éternel. Et s'ils n'amassaient pas de richesse sur terre au soir de leur vie, ils seraient bien fortunés. Car n'est-ce pas une grâce de l'Éternel que d'être pauvres, entendu qu' « il est plus facile à un chameau d'entrer par le trou d'une aiguille qu'à un riche d'entrer au Royaume des Cieux »? Gloire à l'Éternel d'avoir garanti la vie future du pauvre au paradis.

Les avides, les possédés voient en la pauvreté une injustice du Ciel; c'est pourquoi ils blasphèment. Les cupides voient en la fortune le paradis sur terre; c'est pourquoi ils ne croient pas au Seigneur. Ils ignorent que tout est vanité et poursuite du vent car, comme le dit le révérend président pasteur: « Quand bientôt dans sa gloire, le Seigneur descendra des nuées, ceux qui se seront donné tant de peine à travailler et à amasser des richesses réaliseront leur bêtise. ». Mais attention! N'allez pas croire que l'argent des quêtes et dîmes est le fruit de durs labeurs des travailleurs. Non! Il n'en est rien. L'or et l'argent appartiennent au Seigneur, propriétaire de toutes choses. Il en dispose souverainement pour l'accomplissement de son œuvre.

Bien des gens mal intentionnés, possédés par l'esprit de contestation et de critique, croyaient que si la communauté utilisait l'argent des quêtes, dîmes et dons pour nourrir les serviteurs de Dieu, ce serait mal faire. Elles oublient, ces personnes possédées, que les membres les plus zélés à la tâche de l'Éternel ne travaillent pas. Où pouvaient-ils alors trouver les moyens pour s'alimenter? D'où leur viendrait l'argent des nombreuses courses en taxi et en bus dans le cadre de la mission de l'Éternel?

Les païens qui portaient ces critiques devraient souvent se poser ce type de questions. Ils comprendraient que même s'il était inutile de travailler en raison de la venue imminente du Seigneur, il n'était guère mauvais d'utiliser l'argent des travailleurs pour le compte de l'Éternel. Pauvres possédés de païens! Ils ne comprennent jamais rien et ils s'agitent. Ces sages réflexions sont hors de leur portée. Ils sont possédés et abrutis par Satan. La Bible ne déclare-t-elle pas dans Proverbes 24,7 que « …la sagesse est trop haute pour le fou… »? D'ailleurs, qu'attendre de ces possédés qui n'ont jamais ouvert la Bible?

Le révérend Touka était constamment inspiré par le Seigneur. Connaissant les païens et leur maître Satan, le calomniateur, il agissait par anticipation pour leur clouer le bec. Il prit de strictes mesures au sujet des tenues vestimentaires pour ne pas que de l'extérieur, le vulgaire ne crût pas que la communauté utilisait l'argent des quêtes pour entretenir et habiller ses fidèles. Ainsi, les femmes de la communauté devaient toute se voiler. Pas une mèche de cheveux ne devait déborder du voile pour séduire les païens.

Il ne manquait jamais de rappeler que le voile est important dans la vie d'une Chrétienne. C'est par ce signe que les anges reconnaîtront les filles du Seigneur au « jour de gloire ». Alors, il fallait constamment se voiler. Mais comme il se pourrait que les anges vinssent alors qu'une sœur en Christ est sous la douche, le révérend recommanda qu'elle pende dans ce cas son voile à la poignée extérieure de sa porte. De la sorte, les anges réaliseraient qu'en ces lieux se tient un fidèle disciple du Seigneur. Ils la verront et l'emporteront dans les grâces de l'Éternel.

Les pagnes et les jupes doivent descendre jusqu'aux chevilles afin que l'esprit de sexe ne voie la moindre partie de leurs jambes et ne s'encourage quiconque à s'approcher d'elles. Touka avait proscrit toute forme de maquillage; y compris les parfums, les poudres de beauté et les pommades qu'utilisaient les « filles du monde, du système Kakabi ». A l'approche d'un bel homme, les femmes doivent jeter leur regard ailleurs. S'il s'en trouve un autre dans la nouvelle direction, on doit baisser la tête. Car Satan est bien malin et il faut redoubler de vigilance.

Les hommes doivent également s'habiller le plus sobrement possible. Chemise aux manches longues, dernier bouton au col mis, pantalon suffisamment ample pour ne pas faire chuter les sœurs en Christ.

Mais les jaloux, possédés par l'esprit de médisance, en dépit de toutes ces précautions prises par le révérend, trouvèrent quand même à redire.

En effet, lorsque plus tard, la communauté acheta son propre autocar pour les besoins de ses nombreuses croisades, quand la communauté se dota d'un orchestre pour chanter Jésus, les aigris et les païens s'indignèrent. Et dire que certains instruments manquaient à l'orchestre...Ces possédés ne pardonnaient pas non plus au révérend d'avoir déménagé de son faubourg pour vivre au quartier résidentiel. Dès qu'ils virent un matin l'homme de Dieu avec son téléphone portable au poing, confortablement installé dans sa modeste *Porsch Cayenne*, ils le jalousèrent davantage.

À dire vrai, le train de vie du révérend avait bien changé. Ceux qui continuaient de douter de l'Éternel n'avaient vraiment pas revu le révérend Touka. Au temple-palais des congrès de la communauté religieuse et Parti Apostolique, il portait maintenant un *galero* violet orné de cinq houppes rouges. Sa soutane dorée lui descendait jusqu'aux mocassins couleur vermeille. Un *subcilgulum* marron -sorte de manipule marqué de trois croix- était suspendu à sa ceinture. Son auriculaire gauche portait un gros anneau en or surmonté d'un crucifix saillant. L'un de ses disciples-militants toujours assis derrière lui pendant les services du culte-meeting, agitait constamment un *flabellum* dans sa direction; et ce, en dépit du ventilateur placé à sa gauche.

Seuls les ignares et les possédés peuvent continuer de douter du Seigneur. Ils ne connaissent pas la Parole de l'Éternel; sinon ils auraient su que l'homme de Dieu ne vit jamais dans la misère car l'ombre bienfaisante du Seigneur campe constamment autour de lui.

Mais si la plupart des membres du Parti Apostolique vivotent, c'est bien parce qu'ils trichent toujours avec Dieu. Certains sont encore comme les possédés de païens qui, non satisfaits de ruminer leur aigreur, décidèrent d'infiltrer la sainte communauté pour la salir de l'intérieur. Ah! Touka a vraiment souffert.

En effet, un mercredi soir, pendant le culte de destruction et de sabotage des œuvres du diable, l'un des oracles de l'Éternel manqua de peu d'en venir aux mains avec un païen infiltré possédé par l'esprit d'espionnage. Plus tard cet homme fut identifié comme sympathisant du président Antoine Kakabi du Parti Démocratique. Ce jour-là, l'oracle s'était levé et avait ainsi prophétisé:

- Ainsi parle l'Éternel. Il y a parmi nous un frère qui est possédé par l'esprit de l'alcool. Il porte une chemise jaune à pois noirs et un pantalon rouge. Il est de teint clair et mesure environ un mètre soixante-quinze. Il habite le quartier Belleville. Il a une femme et deux enfants en bas âge…Je suis l'Éternel…Je l'ai vu boire de la bière hier en compagnie des païens. Si ce frère entend Ma voix, qu'il s'humilie devant Ma face et Je lui accorderai Mon pardon…

À peine l'oracle dit-il cela, qu'un homme répondant très exactement à cette description se leva.

- Éternel, c'est vrai, j'ai bu de la bière hier…mais je n'étais pas seul à cette table; j'étais avec ton oracle qui vient de parler. Il était à ma table.

L'oracle qui faisait face à l'assemblée cria aussitôt furieux:

- Tu mens!! Tu étais avec moi?! Menteur!!

L'autre reprit très calmement comme pour supplier l'oracle.

- Je ne mens pas. J'étais avec toi. Ce n'est pas la peine de le nier.

Une vive dispute s'ensuivit. Puis ce fut un murmure d'indignation qui gagna l'assemblée. N'eut été l'intervention du révérend Touka, le pire se serait probablement produit. Touka fit signe à l'homme possédé par l'esprit d'alcool et d'espionnage au profit du président Kakabi et de son parti de se rasseoir. Alors l'oracle reçut l'ordre de poursuivre la prophétie.

- …Je suis l'Éternel, Dieu d'Abraham, Dieu de Jacob. Si quelqu'un entend ma voix, qu'il s'exécute sinon mon courroux sera implacable. Toi, ô…toi, Ma fille Germaine Imboua, Je suis ton Dieu. Prête-moi ton piano qu'un de mes fidèles serviteurs de la *Cellule de Suivi Après Délivrance* a aperçu chez toi afin que la communauté l'utilise pour me louer, chanter Mon Saint Nom. Ne sois pas égoïste, Mon enfant…prête-moi ton piano.

Dame Imboua, était confuse: « Si donc c'est un membre de la cellule de prière à domicile qui lui a dit que j'avais un piano, en quoi est-ce donc une prophétie? »

- Éternel, lança-t-elle de sa frêle voix, une fois qu'elle se tint debout. J'ai entendu ton appel et je voudrais bien donner ce piano. Mais sache Éternel qu'il ne m'appartient pas. C'est le piano de ma jeune sœur. Elle vient d'emménager chez moi des suites d'une querelle qu'elle a eue avec son mari. S'il m'appartenait Éternel, je te l'aurai donné volontiers. Excuse-moi beaucoup. Crois-moi, je ne mens pas…je te l'aurai donné Dieu d'Abraham, Dieu de Jacob.

Puis, elle se rassit.

Le révérend, fidèle parmi les fidèles, ministre de l'Éternel, ne laissait jamais tomber ses collaborateurs; eux-mêmes sanctifiés. Il conclut que l'esprit de division, d'égoïsme et de contestation qui régnait chez les païens et chez le président Kakabi, les jaloux du progrès et de l'œuvre divine, pénétrait lentement dans sa communauté. Il confia alors les deux cas à l'Éternel.

- Frères et sœurs, fermons les yeux et prions. Esprit de contestation, esprit d'égoïsme, je vous ai démasqués! Je vous commande de sortir de cette assemblée au Nom du Seigneur! Sortez!! Je vous lie au nom puissant de Jésus!! Faites gaffe!! Car la colère du Seigneur sera terrible! Rococo, Racaca, Ripapapa, Ripopopo, Amen?!

- Amen!

Touka eut raison. D'ailleurs, il a toujours raison. Car Dieu l'inspire. Il était parvenu à terrasser l'esprit d'alcool car celui-ci déserta le temple-palais des congrès avec le païen espion de Kakabi qui tenta de salir l'oracle. L'esprit d'égoïsme qu'il persécuta ce jour-là disparut également. Pour preuve le lendemain jeudi, dame Germaine Imboua revint au temple-palais des congrès donner le piano de sa sœur à la communauté. Elle réussit à la convaincre que le Seigneur lui-même en avait besoin. Un tel arrangement était préférable à la vengeance de l'Éternel. Elle savait qu'on ne plaisante pas avec le Seigneur. Le prophète le lui avait bien dit. Quand l'assemblée vit le piano, elle magnifia le nom de l'Éternel qui réalisa ce « miracle ».

Ce jour-là, une jeune sœur en Christ pleurait à chaudes larmes. Personne ne lui prêta attention quand elle commença à sangloter. Mais lorsqu'elle ouvrit la bouche pour râler, elle alerta l'assemblée. L'officiant interrompit les bénédictions qu'il adressait à l'Éternel. Il pria la jeune fille d'avancer jusqu'à l'autel.

- Ma fille, que se passe-t-il? … As-tu perdu un proche?

- La sœur de secouer la tête. Le révérend lui porta la paume au front.

- Tu as le corps chaud. Es-tu malade?

- Non, dit-elle d'une voix noyée par les sanglots.

- As-tu un problème particulier? Allons…ne cache rien à l'Éternel. Confie-toi…il te délivrera. Dis-moi ce qui se passe.

Cela rasséréna la jeune fille.

- Révérend, articula-t-elle la tête baissée. Révérend…le…snif…le Seigneur est mer…bouhouuu…veilleux.

Elle se remit à pleurer.

- Calme-toi. C'est pourquoi tu pleures?
- Oui…snif…Hiiiii…Bouhouuu…
- Allons, allons ma fille…ça va, ça va.

Elle se calma un instant et balbutia:

- Le Seigneur est…trop bon…c'est la joie du Sei…snif…gneur qui me fait pleurer. Bouhouuu…Hiiiii…
- Ne pleure plus. Tu as quand même un témoignage de ce qu'Il a fait pour toi personnellement?
- Non…c'est le…snif…c'est le pia…bouhouuu…le piano qui…qui…
- Qui te fait pleurer? Interrogea l'homme de Dieu.
- Oui…bouhouuu…hiiii…
- Oh, que c'est merveilleux! Ta foi est sans limite, ma fille. Alléluia! Amen?
- Amen! reprit l'assemblée.

En vérité, la sœur pleurait pour avouer publiquement qu'elle avait sous-estimé la puissance du Seigneur; puissance dont la preuve venait d'être une fois encore donnée à travers le « miracle » du piano.

Puis, les fidèles d'entonner un cantique pour saluer le témoignage édifiant de la sœur. L'assemblée donna de la voix quand roula le tambour de l'orchestre.

Que de péripéties, pour en arriver là! Que de déboires pour en arriver à construire une communauté à la gloire de l'Éternel! Comme c'est merveilleux! Touka n'est heureusement plus à l'heure qu'il fait à cette dure étape de la construction de la communauté chrétienne et Parti Apostolique. Il y est déjà parvenu. Quand lui-même y pense souvent, il ne peut qu'attribuer cela à la victoire de l'Éternel sur Satan et son délégué Kakabi.

14. Le mouroir du président

Si vous voulez être en sécurité, allez en prison.
Vous y serez nourri et blanchi avec des soins médicaux.
La seule chose qui vous manquera…c'est la liberté
– DWIGHT D. EISENHOWER

La clôture de la maison d'arrêt et de correction serpentait longue, elle était grande, triste et dissuasive. Elle rappelait par son défilé la mythique muraille de Chine. Au cœur de la forêt qui annonçait l'entrée Ouest de la capitale. Le mouroir! C'est ainsi que nommait la presse internationale, la maison d'arrêt la plus célèbre du pays. Ce, en raison du traitement inhumain auquel on livrerait les détenus. Avec une ingéniosité dont même Satan et ses apprentis n'auraient pas été capables, les bâtisseurs de cette maison d'arrêt avaient créé un lieu où la mort était vue comme une bénédiction, une libération.

On parle là-bas de murs venimeux, de chaînes et de menottes carnivores, de latrines acides. Une grande bâtisse conique abritait les locaux de l'administration pénitentiaire; trois autres bâtiments étaient dispersés dans l'immense cour où vivotaient les détenus. Le premier, « l'enfer sur terre », est le lieu fort-clos où les criminels ou supposés tels, allaient finir leurs derniers jours. Là-bas, les détenus étaient complètement dévêtus et enchaînés, couchés ou assis par paire. Boulets aux pieds, leurs attributs et orifices rectaux traînaient dans leurs urines et merdes travaillés par d'inlassables asticots et vers tressés qui se faufilent souvent dans les urètres et rectum découverts des détenus. Membres entre étaux, ils ne pouvaient qu'assister immobiles aux affres des chatouillements et mordillements de ces bêtes carnivores qui leur gonflaient et dévoraient les gonades en en extrayant le suc procréateur divin. Dans un angle du mouroir, une barrique débordante: les toilettes. La pièce principale où étaient ces criminels n'était pas éclairée. Elle n'avait pas de fenêtre. L'obscurité qui n'existe que par rapport à la lumière ne se trouvait nulle part. La centaine de prisonniers enchaînés dans la même pièce ne se voyaient pas les uns les autres. Tous infectés par diverses maladies respiratoires. Il y faisait un froid et une humidité expliqués par la forêt dans laquelle les génies du bâtiment carcéral avaient taillé cette prison. On ne distinguait pas les jours des nuits. Certains détenus qui croyaient y séjourner depuis une éternité, mouraient de surprise quand ils s'entendaient dire qu'ils n'étaient qu'à leur troisième ou quatrième mois de détention. Et dire qu'ils en avaient encore pour dix ou vingt ans !

Souvent à cause de la surpopulation carcérale, on relogeait certains détenus dans les prisons de l'intérieur du pays. Question, dit-on, de désengorger celle de la capitale. Des témoignages disaient qu'on en exécutait chemin faisant. Chose honnêtement préférable à cet enfer où, il coulait des murs épais d'un bon demi-mètre, un liquide aussi curieux que toxique. On aurait dit de l'acide chlorhydrique que l'administration pénitentiaire fait couler depuis l'extérieur du mur pour torturer les détenus. Dès qu'une goutte de ce liquide vénéneux coulait sur le corps, elle y laissait des inflammations éruptives, de gros boutons. C'est le mur carnivore de cette prison. Juste derrière, une réserve naturelle. Souvent dans la nuit, on pouvait entendre le rugissement d'un fauve affamé déchirer le sinistre silence et assommer un détenu moribond, affaibli par ces interminables jours de jeûne. On disait à juste titre que la présence de cette réserve faisait partie des tortures morales et psychologiques qu'on infligeait aux détenus. C'est aussi cela qui rendait toute évasion utopique. Toutes les tentatives ayant échoué. Les gardes pénitentiaires avaient maintes fois découvert les restes des évadés broyés par un félin ou piqués par la rare collection naturelle de reptiles venimeux que cette jungle possédait. C'est pourquoi, ils ne se donnaient plus la peine de poursuivre ceux qui tentaient de s'évader par la forêt. Les repas étaient servis tous les deux jours. Tous soumis au régime sans sel.

Ce jour, un garde se faisait aider par deux de ses collègues pour ôter les gigantesques cadenas qui maintenaient la porte d'acier derrière laquelle les condamnés agonisaient lentement, sûrement. Le geste des gardes arracha un bruit infernal au métal. L'ouverture de cette porte mettait en moyenne dix minutes. Les prisonniers étaient pourtant ravis, car c'était jour de repas:

- Salut les morts! Lance le garde qui transpire abondamment. Il y a une mauvaise nouvelle les gars. Il n'y a plus de bouffe à la cantine. L'État doit trop d'argent aux fournisseurs. Ils sont fâchés, les fournisseurs. On m'entend dedans?

- ?

- Eh là!! Hé ho?

- ?

- Merci de ne pas répondre, les gars! Y a plus de bouffe jusqu'à nouvel ordre! Ah, ah, ah! C'est compris? Plus de bouffe, je dis! Plus rien! Message du régisseur!

Ce ne serait pas la première fois que les fournisseurs se fâchaient de la sorte ou qu'un prisonnier restait enchaîné pendant des jours avec un cadavre en décomposition. Voilà pourquoi tous souffraient de maladies respiratoires. Il n'était malheureusement pas possible de se donner la mort dans cette pièce. Les visites, les objets métalliques, la nourriture autre que celle qu'offre dans les strictes limites de ses moyens, l'administration, étaient interdits aux détenus dits condamnés pour crime. La plupart de ceux qui en étaient sortis sont devenus inadaptés, fous, ou handicapés physiques. Qui aveugle, qui perclus etc. On se demandait souvent en quoi, une telle maison d'arrêt est-elle correctionnelle si elle ne pouvait pas permettre la réinsertion de celui qu'elle est censée avoir corrigé.

Malgré les multiples appels lancés par les associations de défense des droits de l'homme suite aux poignants témoignages que des miraculés de ce mouroir avaient largement diffusés, les divers gouvernements sont restés sourds. Pourquoi s'en étonner s'ils n'y sont jamais allés, ces ministres et dignitaires du système?

À l'exception des deux autres bâtiments, celui des criminels était absolument invivable. Il était en effet loin de tout. Comme pour leur dire, à ces criminels, qu'ils étaient bannis. Le deuxième bâtiment des détenus, situé à environ trois cent mètres de là, abritait les mineurs et les femmes. Le troisième logeait les majeurs reconnus coupables de délits simples. La vie y était plus ou moins possible. Les visites de parents et amis, y étaient.

Entre ces deux derniers bâtiments et celui des criminels, le terrain de jeux, la buanderie, la cuisine, une petite chapelle et une mosquée. Juste derrière, une boulangerie-pâtisserie dont le rôle était d'exciter permanemment l'appétit des détenus, sans que ces derniers n'eussent jamais l'occasion de mordre dans la moindre mie de pain. Tout ceci participait de la torture. On racontait que la boulangerie vendait ses pains en ville, et l'argent récolté, c'était pour le régisseur. Pourtant, officiellement, on servirait chaque jour du pain aux détenus. Ils auraient trois repas, des desserts etc. Pire, l'argent que certains parents, amis ou connaissances remettent aux gardes pour les détenus, ne leur parvenait jamais. Au bâtiment des criminels, certains détenus étaient morts depuis des lustres, mais les gardes continuaient de recueillir les dons que leur famille venaient leur faire.

Les fournisseurs mal payés de l'État, ayant occasionné l'irrégularité des repas du reste minables, à la maison d'arrêt, on servait du matin au soir de la bouillie de maïs accompagnée de chou trempé dans de l'eau sans sel. On pouvait souvent voir les cadavres d'insectes parasites, comme les cafards, les puces, les punaises, les araignées, flotter sur la pâte de maïs. Et dire que cette bouillie aux insectes qu'aucun chien même affamé n'accepterait de bouffer, venait à manquer par la faute du président de la République qui ne payait plus les fournisseurs. Pourtant lui buvait du champagne au petit déjeuner. Que c'était méchant!

Leur ressentiment à l'égard du système corrompu du président venait de trouver le levain à son expansion; la présence du prédicateur islamiste Omar Moktar proche d'Ançar Dine et de Chérif Ousmane Madani Haïdara. Arrêté et incarcéré après le premier attentat terroriste qu'avait connu le pays. On le disait venu du désert pour « convertir » et « civiliser » le pays dirigé par des infidèles et des mécréants. Ces cultes enflammés à la maison d'arrêt n'avaient jusque-là pas encore alerté les autorités. Le lavage de cerveau à sec qu'il avait entrepris sur son auditoire avait fini par convaincre certains détenus de leur innocence. Désormais ils étaient tous innocents. C'est à cause du président vendu qu'un simple malfrat se trouvait dans les geôles de cette maison d'arrêt. À en croire les témoignages qui suivaient les prédications d'Omar Moktar, pas un seul homme ne se trouvait justement là, incarcéré. La justice corrompue du président avait mis en prison les violeurs, les voleurs, les escrocs, les drogués et les criminels qui devraient, selon toute justice humaine digne de ce nom, courir les rues en quête perpétuelle d'autres infractions à commettre. « Comme il est méchant le président! » Un bandit, ça ne fait rien de grave, un violeur, ça ne mérite pas tant de torture... Le président « Kafri », « mécréant » et islamophobe devra le payer tôt ou tard.

- Allah Akbar !

15. Les forces du Nord

La justice sociale ne peut être obtenue par la violence.
En vérité, la violence tue ce qu'elle croit créer.
– JEAN-PAUL II

C'est à l'aube, que la troupe d'une dizaine de *Jeep 4x4* ainsi que trois chars de combats AXM 10 parquèrent sur la place publique de Samo dans un impressionnant nuage de poussière. Visage maculé de terre, treillis enfilés, armes automatiques, kalachnikov AK 47 et coupe-coupe aux poings, les hommes qui viennent de débarquer semblent savoir ce qu'ils cherchent dans cette bourgade. À leur vue, on se sauve de partout. C'est une réelle débandade. Mais sur quelle distance peut-on échapper aux hommes si fortement armés? On défonce les portes des villageois, on les contraint à sortir de leur logis, on pille, on viole les femmes à peine sorties de leur sommeil, dans la légalité spontanée que prescrit l'absence de droit du moment. Quelques villageois alertés par les bruits des bottes, parquent ce qu'ils peuvent bien, dans la précipitation et la panique, et gagnent la forêt toute proche. On en voit en bande se diluer dans la brousse sans vêtements vers on ne sait quelles destinations.

En une demi-heure, sur la place publique du village où les rebelles sont parvenus à rassembler environ deux cents personnes, on assiste au spectacle le plus infâme de toute la petite histoire de cette bourgade. Encerclés par les malfrats armés, ils sont assis en guenilles, mine désolée. Quelques femmes aux mâles mêlées, sont assises, bébé pleurant sur le bras. On aurait dit qu'on était aux temps des grandes croisades entre tribus arriérées de l'antiquité africaine.

- Toi là-bas, hurle un rebelle à l'adresse de quelqu'un. C'est toi le chef?

- Non, répond l'un des captifs assis.

- Si ce n'est toi, qui est-ce?

- ??

- Réponds!

- Je ne sais pas. Je suis un instituteur venu de Balaké travailler ici.

- Bien, bien. Tu es de Balaké?

- Oui, monsieur.

L'homme qui procède ainsi à l'interrogatoire baisse le canon de son AK 47 et redit:

- Tu es donc mon frère, car ma mère est de Koto, tu connais Koto?

- Oui monsieur, c'est à dix kilomètres de Balaké.

- Bien, refis le rebelle. Tu es vraiment un frère. Viens un peu par-là.

S'ensuit alors une conversation en langue Dola, ethnie du grand Nord. L'instituteur qui vient ainsi de réussir ainsi son examen de passage se lève et sort de l'attroupement que les rebelles avaient encerclé.

- Qui d'autre est du Nord? demande vivement le rebelle dont les attitudes hautaines font penser qu'il est le chef de la délégation.

- Je répète, qui d'autre est du Nord? Personne, plus personne n'est du Nord? Bien, mets-toi bien là à l'écart, mon frère.

Et celui qui ressemble au chef des rebelles de faire un petit signe discret de la tête. L'un de ses « caporaux », un adolescent d'à peine seize ans de s'approcher avec une arme blanche, un coupe-coupe. Il a rejoint ainsi le chef et le « frère » instituteur originaire du Nord à l'écart de la mêlé. Le chef plonge sa main dans la poche, en sort un petit mouchoir dont il découvre le contenu. On peut voir des bouts de papier pliés, comme froissés et sur lesquels quelques mots en langue Française sont écrits.

On lit un petit sourire narquois sur le visage des autres rebelles groupés autour des captifs.

- Regardez tous ici, fait le chef des bandits. Je vais appeler l'un d'entre vous au hasard. Il viendra choisir l'un des bouts de papier que j'ai ici dans la paume. Le sort de chacun d'entre vous y est écrit. Je commence par toi là-bas. Viens ici!! Et vite!!

Un homme d'une quarantaine d'année s'était bravement levé et avait rejoint le chef rebelle à côté duquel se trouve son « frère » l'instituteur originaire du Nord. Tendant sa paume au villageois, le rebelle dit:

- Choisis un bout de papier.

Le villageois qui n'a jusque-là pas réalisé le dénouement du jeu auquel on l'invite à participer dit le visage gai qui dit:

- Voilà, ça y est.
- Et que lis-tu?
- Je lis « main gauche ».
- Et sais-tu ce que cela signifie?
- Non monsieur.
- Heu bien, cela signifie que tu as choisis que ce garçon qui se tient là avec la machette t'ampute la main gauche.

Soudain le villageois perd son contrôle, il tente de reculer; mais trois gaillards le fauchent et le flanquent au sol.

- Noooon!! Hurle-t-il désespérément.

Le garçonnet au coupe-coupe parvient à se frayer un petit espace entre les multiples membres mêlés à celle qu'il vise. Il lève son outil et frappe celui son ennemi.

Le villageois a le corps secoué par des douleurs indicibles. Son membre détaché de son corps bat encore comme un coq agonisant. Une abondante giclée de sang inonde bientôt l'homme amuït, gueule béante qui se tient de l'autre bras celui qu'on vient d'amputer. Sa femme qu'il avait abandonnée dans l'attroupement des villageois tente de lui venir désespérément au secours. C'est l'ardente morsure de la crosse d'un AK 47 qui la projette en avant.

- Tiens-toi là bien calme, aboie un rebelle ou c'est tout de suite ton tour!

La foule des captifs de se remuer. On pleure, on crie, on implore désespérément les rebelles. Le chef des assaillants plonge la main dans la poche de son treillis, en sort un joint auquel il approche une étincelle. Il aspire successivement trois bonnes bouffées pour couper l'odeur de sang qui semble avoir envahi son palais. Ses yeux changent de couleur, passent au rouge brique. Ayant tendu son mégot à son disciple de bourreau, il refait.

- Au suivant! Toi là-bas. Toi qui te cache sous le drap, non pas celui-ci. Celui-là.
- ??
- Hé! Traîne-toi par ici! Ou bien tu veux que je vienne te cueillir là-bas? Cela risque de te coûter cher, mon déplacement.

L'homme drapé que le chef rebelle venait de désigner ne s'exécutait toujours pas. Le rebelle s'enrage qui le fait traîner de force en dehors de la mêlé. Il a la tête poussiéreuse.

Du plat de sa machette qui ruisselle encore le sang de la première victime, le bourreau soulève le drap et découvre en dessous, un homme famélique, aux côtes comptables. Les commissures de ses lèvres comme cousues. La tempe creusée; les grands yeux jaunis. La paume d'Adam saillante. Ses longs membres semblent se détacher de tout le corps. Il a tous les traits physiques des malades du SIDA ou des tuberculeux. Pourtant, il ne tousse ni ne parle. Son air n'inspire que pitié. Le garçon au coupe-coupe excité par l'herbe vicieuse qu'il tient encore entre les doigts, essuie la lame tâchée de sang sur les côtes du moribond et sans sommation, lève son outil. Il frappe d'un coup sec la jambe gauche de celui qui a osé refuser d'obtempérer à l'appel du chef rebelle. Personne ne fait le mal appris qui ne répond de son arrogance.

La frêle jambe du villageois malade bascule de côté sans qu'on n'entende le moindre gémissement de sa part.

- Merde, putain de merde! Cet imbécile m'a perdu le temps. Il était mort avant; crache le garçon bourreau. Il aurait voulu mutiler un homme vivant et non un mort. Quel plaisir il y trouve-t-on à mutiler un mort? Il s'enrage et lui donne un autre coup de machette sur le front. Le crâne vomit une pâte blanchâtre mêlée d'un visqueux caillot de sang. L'outil se coince. De ses deux mains et de son pied gauche, le garçon parvient non sans difficulté à décoincer la machette. Il recule pour attendre les instructions de son maître.

L'homme, sur le dos couché, yeux hagards, semblait se mirer dans le ciel. A ce geste pervers, n'a rien pu sentir. Son air fait frémir le secrétariat du ciel ainsi que la foule coupable pour qui semble avoir sonné le glas.

- Au suivant!! Toi là-bas, viens par là.

Printed in the United States
By Bookmasters